CON AGATHA EN ESTAMBUL

colección andanzas

CRISTINA FERNANDEZ CUBAS
CON AGATHA EN ESTAMBUL

1.ª edición: mayo 1994

© Cristina Fernández Cubas, 1994

Diseño de la colección: Guillemot- Navares
Reservados todos los derechos de esta edición para
Tusquets Editores, S. A. - Iradier, 24, bajos - 08017 Barcelona
ISBN: 84-7223-426-6
Depósito legal: B. 10.098-1994
Fotocomposición: Foinsa - Passatge Gaiolà, 13-15 - 08013 Barcelona
Impreso sobre papel Offset-F Crudo de Leizarán, S. A. - Guipúzcoa
Libergraf, S.L. - Constitución, 19 - 08014 Barcelona
Impreso en España.

Indice

Mundo 11
La mujer de verde 73
El lugar 99
Ausencia 151
Con Agatha en Estambul 171

A Storkwinkel

Mundo

Yo tenía quince años cuando me enteré de que el demonio se llamaba *nylon* y a él, y sólo a él, deberíamos achacar los malos tiempos que se avecinaban. Me dijeron también que el mundo era cruel y pernicioso. Pero eso lo sabía ya, mucho antes de atravesar la herrumbrosa verja del jardín, escuchar sorprendida el lamento de los goznes oxidados y preguntarme, bajo un sol de plomo y con el cuerpo magullado por el viaje, cuántas chicas de mi edad habrían franqueado aquella misma verja y escuchado el chirriante y sostenido *auuuu...*, un saludo que tenía algo de consejo o advertencia.

El conductor del coche de alquiler acababa de enjugarse el sudor de la frente con un pañuelo a cuadros y miraba hacia la abultada baca del Ford como si tomara aliento para emprender la parte más molesta de su cometido. Mi padre había apalabrado hasta el último detalle. Me conduciría a mi destino, acarrearía el equipaje a través del jardín hasta el portón de madera y entonces, sólo entonces, podía volver al coche y regresar al pueblo. Y aunque al principio el chófer protestó —se necesitaba por lo menos la fuerza de dos hombres para mover la pesada carga— el tintineo de unas monedas primero y un expectante silencio después —el momento, imagino, en que mi padre tras rebuscar en sus bolsillos daba al fin con uno de esos billetes que por las noches gustaba de contar, doblar, desdoblar o mirar al trasluz— terminaron por disipar sus reticencias. Yo no asistí al pacto. Me hallaba en la habitación de al lado, en el dormitorio, sentada sobre la cama, sin acertar a pensar en nada en concreto, acariciando —aunque es posible que tampoco me diera cuenta— el traje de novia que había pertenecido a mi madre, y evitando mirar hacia la pared, donde estaban las fotografías de la boda, algunos grabados, un espejo. Pero sí podía oírlos. Y el propietario del coche terminó diciendo: «Bueno. Por tratarse de usted». Y luego: «Saldremos temprano, a las siete. No me gustaría sufrir una avería en la carretera bajo este sol de justicia».

No sufrimos ninguna avería pero tampoco nos libramos del sol, que cayó a plomo sobre el coche durante las cuatro horas que duró el trayecto. Yo iba detrás, tal y como había dispuesto mi padre, mirando a ratos a través de la ventanilla abierta pero contemplándome sobre todo en el retrovisor, el pelo despeinado por el aire, la cara bañada en sudor y los ojos vidriosos, pestañeando ante el polvo del camino, hasta que alcanzamos la carretera y el conductor, después de advertirme de que a partir de ahí la calzada no presentaba ningún problema y muy pronto entraríamos en la ciudad, encendió un cigarrillo y despreocupadamente empezó a cantar: *Yo me quería casar...* Pero se interrumpió de golpe y volvió a su mutismo. A través del espejo le noté confuso, molesto consigo mismo, sin saber si excusarse o no, fingiendo un ataque de tos que nos salvó a los dos de cualquier comentario. Estaba sudando, casi tanto como horas después, cuando acababa de acarrear mis enseres hasta el portón de madera, yo accionaba la campanilla y él, sabiendo que no tenía por qué permanecer allí un minuto más, pero al tiempo buscando una frase adecuada a las circunstancias, sólo acertó a pronunciar: «Bueno, pues nada, que le vaya bien». Y de nuevo confuso, molesto ante su redoblada torpeza, cabeceó a modo de despedida, deshizo el camino del jardín y, fuera ya de mi alcance, cerró la verja de golpe. Lo oí todo con nitidez. El golpe, los pasos, pero sobre todo el eco de los goznes oxidados. Un chirrido que ahora se traducía en palabras. Porque aquel *auuuu* que momentos atrás me pareciera un saludo, un consejo, una advertencia, se había transformado en *adiooos.* Un adiós sostenido, irrevocable, contundente.

Pero no tuve tiempo de preguntarme nada. De admirarme de que las verjas herrumbrosas pudieran hablar o de atribuir al calor una ilusión de los sentidos. Enseguida la despedida que me espetaba la cancela se mezcló con el saludo que una voz, desde lo alto, se empeñaba en repetir, y al que yo contesté con una frase aprendida. Y, tal como se me había dicho que iba a ocurrir, no vi a nadie, pero sí tuve la sensación de sentirme observada, no por un par de ojos, sino por cientos, por miles de ojos ocultos tras las celosías de las ventanas. Y esperé. No mucho. Sólo unos segundos. Pero el pesado portón no se abrió como yo había imaginado —con una llave también herrumbrosa, una vuelta, dos, tal vez hasta quince vueltas—, sino que de pronto me encontré ante un corredor fresco y umbrío, un juego de poleas maniobrando en silencio, y, al fondo, una silueta oscura que avanzaba hacia mí, con la frente muy alta y los brazos extendidos.

—Bienvenida, hija. Bienvenida seas.

Y enseguida, como también yo avanzara hacia ella, olvidada del viaje, del bochorno, de cualquier otra cosa que no fuera el agradable frescor que se respiraba en el pasillo, la voz añadió:

—Pero Carolina, ¿cómo has venido tan ligera? ¿No has traído nada contigo?

Y fue entonces cuando contesté algo que durante mucho tiempo me sería celebrado, algo a lo que, en aquellos momentos, no concedí la menor importancia, pero que aún ahora, a pesar de los años, recuerdo como si fuera ayer y no puedo menos que reírme.

—Afuera —dije ingenuamente— he dejado el mundo.

Se lo había oído muchas veces a mi padre. Lo importante en la vida era entrar con buen pie. En el trabajo, en el matrimonio, en cualquier empresa que se acometiera. Pero, ¡oh amigos! (porque a mi padre, que casi nunca hablaba conmigo, le gustaba perorar algunas noches de invierno al calor de la lumbre, junto al párroco, la bibliotecaria, el farmacéutico, cualquiera de las escasas visitas que se decidían a atravesar los campos y llegar hasta La Carolina, la casa más alejada del pueblo), ¿cómo se conseguía tan rara y especial habilidad? Y entonces, después de remover las ascuas en silencio, recordaba en voz alta algunas ocasiones de su vida en las que había conseguido lo que había conseguido gracias a ese don, a ese aprovechamiento de la oportunidad, para terminar enumerando (y se refería a peones, a jornaleros, a vecinos) una larga lista de todos aquellos que jamás conseguirían lo que se propusiesen. Pero de reojo me miraba a mí. Y yo sabía entonces lo que el farmacéutico, el párroco o la bibliotecaria estaban pensando (porque de lo que no había ninguna duda es que no se entra en la vida con buen pie cuando tu nacimiento trae consigo la muerte de tu madre) y me apresuraba a rellenar las copas, a dejar la botella a su alcance y a retirarme al dormitorio.

Pero aquel día caluroso de agosto yo había entrado en mi nueva vida con buen pie. A madre Angélica le había hecho mucha gracia mi respuesta.

17

No tuvo ningún reparo en confesármelo enseguida cuando, con ayuda de otras hermanas, entramos el baúl y, poco después, ya solas ella y yo, en su despacho de superiora: «Hacía tanto tiempo que no escuchaba esa palabra, que por un momento pensé...». Y se puso a reír. «Nunca hubiera creído que los jóvenes de hoy usaran aún ese término. Pero mira, aquí debe de estar...» Acababa de calarse unas gruesas gafas de carey y extendía sobre la mesa un manojo de llaves sujeto a un cordón que llevaba prendido de la cintura. Las pasó una a una hasta dar con la que estaba buscando. Una llave plana, achatada, muy semejante a otras, pero que no debía de usar con frecuencia porque ahora su rostro se había iluminado y, sin dejar de sonreír, abría un armario macizo y tosco, y se hacía con un libro.

—Mundo, mundo... Aquí está: «Baúl». Así de simple. Veamos ahora en una enciclopedia. Mundo: «Orbe»... No interesa...

Al principio no entendí muy bien por qué la abadesa se tomaba tanto trabajo en verificar algo tan sencillo. Pero con el tiempo, con aquellos años que tan lentamente transcurrieron, comprendería que a madre Angélica le gustaba leer, trajinar con libros, acariciar sus cubiertas y aprovechar cualquier ocasión para darle la vuelta a la llave y hacerse con aquellos tesoros que la vida de oración y recogimiento aconsejaba guardar sobre seguro. Entonces no podía saberlo. Entonces apenas si sabía que no debía dejarme impresionar por la vida de durezas y privaciones, que las superioras suelen exagerar para medir el ánimo de novicias y postulantes, que la vida en el convento no sería peor que un retorno a La Carolina, y que tenía que mostrarme dispuesta y obedecer en todo, no fuera que madre Angélica se arrepintiera de su decisión y a mí no me quedara más remedio que deshacer el viaje. Por eso recuerdo tan bien mi primer día en el convento. Palabra por palabra, silencio por silencio. La expresión de madre Angélica cuando le entregué el sobre. El leve temblor de sus manos y la rápida composición de su figura. Un ligero estremecimiento cuando, con los dedos jugueteando aún con el papel, la superiora mencionó al padre José. «El padre José», dijo lentamente, «nos ha hablado mucho de ti.». Y, en el breve silencio que siguió luego, mis mejillas encendidas, los ojos bajos, un remolino interior que amenazaba con delatarme, un nudo en la garganta que sólo se deshizo cuando la superiora prosiguió impertérrita. «De tu vocación.» Y entonces, súbitamente tranquilizada, asistí a la enumeración de privaciones y sacrificios, de horarios y tareas, tal como esperaba, tal como se me había dicho que sucedería. Pero la voz de la superiora era mucho más amable que la del padre José imitando la voz de la superiora. Y, fuera de aquel instante en el que sus manos temblaron levemente al tomar contacto con el sobre —con un temblor que yo conocía bien, el mismo con el que mi padre la noche anterior había contado billete tras billete o untado de cola el ribete del envoltorio—, todo en sus maneras parecía celebrar mi llegada. «Esto no es el castillo de irás y no volverás», decía ahora, risueña, como si durante largo tiempo hubiera esperado a pronunciar esta frase o recordara una vez, hacía ya mucho, cuando otra superiora pronunció esta frase. Y después: «Eres muy joven y te quedan algunos años para profesar. Pero no vamos a hacer ningún distingo. Tu vida será exactamente igual que la nuestra. Es mejor así. Desde el principio. Y si cunde el desánimo, ya sabes. Para ti las puertas están aún abiertas». Y yo asentía. Y ahora seguía la mirada de madre Angélica a través de una ventana entornada que daba a un huerto y observaba a una monja con mandil, arrodillada, recogiendo tomates, arrancando lechugas. Como doña Eulalia. De pronto me acordé de doña Eulalia y sus palabras al despedirme junto al coche. «Pobre niña, a ti también te han engañado.» Pero qué podía saber doña Eulalia de quién engañaba a quién, de cómo era yo, de lo que era capaz de imaginar aunque fuera en sueños.

—Sí. Eres muy joven aún... O tal vez no. Tal vez hayas llegado a la edad adecuada. Aquí no se envejece, ¿sabes?

La abadesa no esperaba ninguna respuesta. Acababa de abrir la ventana de par en par y parecía como si aquel huerto recoleto, rodeado de un muro, invadiera de pronto el oscuro despacho. En aquel momento la monja del mandil se había puesto a saltar. Ahora madre Angélica sonreía.

—Es madre Concepción. ¿Cuántos años dirías que tiene? Ni ella misma lo sabe. Entró aquí muy jovencita, como tú, mucho antes de que me hiciera cargo del convento. Por eso todas la llaman madre Pequeña.

Y luego, como si el exceso de luz la desviara de su cometido, volvió a entornar la ventana y me pidió la llave del mundo.

Hacía tiempo que no le prestaba demasiada atención. Estaba siempre allí, en un rincón del planchador de La Carolina, custodiando mantas, juegos de cama, retales, piezas de tapicería. Había pertenecido a mi madre, a la madre de mi madre y ésta, posiblemente, lo había heredado de la suya. Y tal vez sólo por eso, porque el viejo baúl pasaba de madre a hija, yo lo había traído conmigo. Pero ahora, cuando la abadesa, detrás de sus gafas, miraba admirada el dibujo de la tapa de madera, yo me alegraba de que mi mundo estuviera ahí, aunque sólo fuera por su sorpresa. Y me revivía de niña recorriendo con los dedos la tapa abovedada y hablando con el marino del dibujo. Un marino apoyado en una balaustrada, esperando el momento de embarcar en un velero, el mismo que se veía a lo lejos, en alta mar, un velero al que le puse un nombre que ahora no recuerdo, preguntándose quizá si el tiempo le sería favorable, como apuntaba un esplendoroso sol a su izquierda, o tendría que enfrentarse a una tenebrosa tormenta como la que asomaba justo a su derecha. Había también una calavera, una espada y otros objetos que el tiempo había desdibujado. Pero, sobre todo, lo que más me impresionaba era que el marino no miraba hacia el mar ni hacia el velero, sino hacia el frente, mostrando, a todo aquel que quisiera verlo, un cuadro que sujetaba con la mano derecha y que no era otro que él mismo, de espaldas al mar, al velero, al sol y a la tormenta y mostrando, a todo el que lo quisiera ver, de nuevo un cuadro, ahora más pequeño, con todo lo que acabo de mencionar, y que remitía a un tercero, y éste a un cuarto, y éste a un punto minúsculo en el que sabía, aunque ya nada se podía distinguir —y ahora madre Angélica, que de pronto parecía una niña, estaría pensando lo mismo—, que no era más que un eslabón en la larga cadena de veleros, soles, tormentas y marinos sujetando cuadros.

—Es un arca muy bonita, Carolina. Pero, como ya sabes, no podemos poseer nada en propiedad. La pondremos en el vestíbulo. Nos servirá para guardar los encargos —y aquí se encogió de hombros y bajó la voz—, si es que llegan, claro...

Madre Angélica parecía preocupada. Dio la vuelta a la llave y fue sacando, una a una, las prendas que no muy segura me había traído del campo. Sandalias, botas de lluvia, un jersey grueso de lana... La lana era buena y el jersey podía deshacerse y volverse a tejer para que en todo resultara igual al de las demás hermanas. El resto apenas me serviría en el convento. Y luego, al final, después de admirarse del fino trabajo de ebanistería, de los cajones secretos, de las distintas dependencias que encerraba el mundo, llegó a un paquete de papel de seda y yo me estremecí. Porque el traje de boda de mi madre, amarilleado por el tiempo, con algunas manchas de orín, acababa de interponerse entre la abadesa y yo, como un solemne despropósito, crujiendo con el eco de unas voces que deseaba olvidar, llenándome súbitamente de vergüenza. Y sin embargo había leído, me habían contado... Ahora la abadesa meneaba afectuosa la cabeza por encima del cuello del traje de novia y lo dejaba caer sobre el papel de seda que se retorcía al contacto con el almidón, ahogando mis palabras, las explicaciones que no llegaba a farfullar. Pero madre Angélica también había oído, le habían contado, sabía, en fin, que en algunas órdenes, en ciertas comunidades, las novicias, el día de la profesión, vestían blancos trajes de novia como en el siglo, tal vez no tan recargados e historiados como en el siglo, quizá sólo túnicas blancas que recordaran a un matrimonio mundano. Pero allí, en la orden que deseaba abrazar, tales costumbres habían sido erradicadas hacía tiempo. Y aunque la profesión se trataba de una entrega, de un matrimonio como no podría haber parangón en el mundo, lo importante no estaba en el vestido, sino en el alma, en el ropaje interior con el que se acudía a la gran cita. Pero tampoco la abadesa podía apartar los ojos del traje de mi madre. Los bordados eran de una perfección inimaginable, decía. Probablemente obra de religiosas, concluyó. Ahora ya no se hacían trabajos así. Y de nuevo una nube ensombreció su mirada, como cuando acababa de decidir el destino del arca. «Y no se hacen», añadió, «porque no hay nadie dispuesto a pagar por ellos.» Porque si el Señor tenía a bien enviarles pruebas (y bienvenidas fueran), la última no parecía obra del Señor, sino del Diablo. Porque el mundo era cruel y pernicioso, y se las ingeniaba siempre para atacar por donde menos se esperaba, incluso a ellas, pobres siervas de Dios. Y su última acometida era ésta. Un emisario infernal que amenazaba con perturbar su vida de oración y recogimiento. Y fue entonces cuando dijo con un hilo de voz:

—Viene del otro lado de la frontera y se llama nylon.

Pero tampoco esta vez esperaba mi asentimiento. Madre Angélica se había quedado ensimismada, ajena a mi presencia, indiferente incluso al traje de mi madre que volvía ahora a acartonarse sobre el papel de seda. El tictac de un reloj se mezcló con el zumbido de una abeja. Afuera madre Pequeña seguía saltando. «Bichos del infierno», oí. Me fijé mejor. Agitaba los brazos y su cabeza estaba rodeada de una nube de insectos. No llegué a decir nada. Ya la abadesa, como recordando algo ineludible o deseando olvidarse de todo lo que le apenaba, volvía a buscar afanosamente entre el manojo de llaves hasta dar con un llavín, también plano y achatado, introducirlo en la cerradura del pequeño cajón de una consola, forcejear durante un rato, conseguir que el cajón cediera y hacerse al fin con un objeto envuelto en una funda. Parecía tranquila, de nuevo relajada y tranquila.

—Toma hija y sal al huerto. Allí verás tu rostro por última vez. Un rostro que te va a acompañar toda la vida.

Salí al huerto. Para hacerlo tuve que cruzar por un claustro umbrío con un surtidor en el centro. Por un instante dudé en quedarme allí. Pero la superiora había indicado «al huerto» y yo sabía, porque así se me había dicho, que la obediencia en un convento negaba el capricho, la opinión, la más pequeña de las decisiones personales. En el huerto hacía calor. Casi tanto como en el jardín en que tan sólo unas horas antes había accionado la campanilla y despedido al chófer. Me senté en un banco de piedra junto al muro y liberé el objeto de su funda. Era un espejo de mano, con mango de plata. Un espejo de cuento, pensé. La luna estaba llena de polvo, como si fueran tantos los años en que había estado bajo llave que el estuche de gamuza hubiera terminado por olvidarse de su función. Lo limpié con un pañuelo y lo acerqué a mi cara.

Hacía demasiado sol y lo primero que vi fue un guiño. Después, ladeando ligeramente el espejo, me observé con sorpresa. Era yo, claro está. La misma cara del retrovisor del auto, algo más descansada, más fresca, sólo que el moño en el que había recogido el cabello aquella mañana para aparentar seriedad, para hacerme mayor por unas horas, y con el que, durante el viaje, había llegado a familiarizarme, me parecía de pronto ajeno, desconocido, extraño... Aquél no era mi aspecto habitual. Me solté el cabello. Ahora la luna me devolvía la imagen esperada, la de siempre, encerrando en un paréntesis el severo moño del retrovisor del auto, los mechones pugnando por escaparse de la prisión de horquillas y agujas, unas gotas de sudor reluciendo en la frente. Y de nuevo, por segunda vez en aquel día, me sentí observada. Miré hacia la ventana del despacho de la superiora, pero sólo alcancé a ver una imagen encorvada sobre la mesa. Estará contando, pensé. Y deseé que mi padre, por una vez en la vida, se hubiese decidido a ser generoso. Para contrarrestar el nylon, para contribuir sobre todo a que mi llegada fuera un acontecimiento. Pero seguía sintiéndome observada, y la melena suelta, las agujas y horquillas en la boca, me miraban también con una pregunta en los labios apretados que yo me veía incapaz de responder. Entonces la vi. El revuelo de un hábito negro, un mandil a mis espaldas, una mano enguantada que se posó en mi hombro, y la evidencia de que frente a mí, allí, en el huerto, ya no faenaba nadie. Era madre Pequeña. Quise volverme y saludar, pero el espejo se me adelantó y por unos momentos la luna se llenó de un rostro viejo, el rostro más viejo y arrugado que había visto en mi vida, unos ojos sin luz, una sonrisa desdentada, inmensa. Y enseguida, con un movimiento casi imperceptible, volví a ser yo. Las horquillas se me habían caído de la boca y jadeaba. Pero no era el calor ni el cansancio, sino un grito. Aquélla fue la primera vez que grité en silencio.

Digo que recuerdo perfectamente aquel día, pero también la noche. Por la noche volví a La Carolina, al padre José, a su mirada dura, al farmacéutico, a mi padre. Quizá fue la última vez que pensé en ellos. Que pensé de verdad en ellos. Porque luego, las otras, no recordaría ya La Carolina o las veladas junto al fuego, sino el desamparo de aquella noche recordando La Carolina y las veladas junto al fuego. Y como el sueño, a pesar de la fatiga del viaje o las sorpresas del día, no acababa de vencerme, subí a la cama y observé la noche a través de la celosía. Vi el jardín, la verja habladora, y, por encima de los setos, ventanas encendidas y azoteas desiertas. Quiénes vivirían allí, qué pensarían de nosotras... Porque éramos como sombras en el centro de una ciudad bulliciosa. Seres invisibles, muertas en vida. Y entonces me hubiera gustado tener aún el espejo entre las manos, contemplar una vez más mi cara y hacerle guiños a la luna. Pero ya lo había dicho madre Angélica. Aquél era mi rostro. Iba a ser mi rostro para siempre. E intenté fijarlo en la memoria. La expresión de sorpresa en el huerto. Las mejillas sudorosas en el retrovisor del auto. Y la canción del chófer. La tonadilla que tantas veces había cantado de niña jugando al corro y que ahora, por primera vez, no me parecía alegre, sino triste, demasiado triste para cantarla de niña jugando al corro: *Yo me quería casar / con un mocito barbero / y mis padres me metieron / monjita en un monasterio...* Pero no podía recordar la segunda estrofa. Y me puse a llorar. Porque mis labios pegados a la celosía se habían quedado detenidos en «monasterio», por no sentir pena alguna por haber abandonado La Carolina o, simplemente, por sospechar que tal vez no había una segunda estrofa. Lloré con todas mis fuerzas hasta que las ventanas se fueron apagando, la luna se desvaneció y las primeras luces del alba me devolvieron a lo que iba a ser mi vida: una celda estrecha, un camastro, una mesa de roble y ahí, en lo alto, un ventanuco que me protegía de todo lo que había conocido hasta entonces.

«Era de alegría», dijo al día siguiente madre Pequeña en el refectorio mientras llenaba las tazas de leche aguada, y poco después en la sala de labores cuando probaba con el dedo el calor de la plancha, se lo llevaba a los labios, y echaba agua y almidón sobre una colcha de lino. «De alegría. A veces se llora de alegría.» Y aunque desviaba la mirada, y los ojos de las demás monjas desaparecían dentro del tazón, primero, o se concentraban en sus bordados después, yo sabía que se estaba refiriendo a mí, que las paredes de la celda no debían de ser tan gruesas como había creído o que madre Pequeña, o cualquier otra madre, había escuchado pegada a la puerta reviviendo tal vez una primera noche en la que también se habría alzado sobre la cama y contemplado la luna. Pero en un convento no queda mucho tiempo para recordar. Los días se suceden implacables, repletos de obligaciones, de tareas. Las horas están medidas. Los minutos, los segundos. Y cuando acaba la jornada y cae la noche a nadie le quedan fuerzas ya para esperar a la luna de pie sobre el lecho. Sobre todo porque muy pronto llegará el nuevo día. Una mañana oscura en la que se amanece antes de que lo haga el sol. Y, enseguida, la frugal taza de leche, los rezos, las tareas, las lecturas. Antes, según madre Angélica, los trabajos en un convento eran asignados desde el primer día. Había una madre tornera, otra cocinera, otra jardinera... Pero ahora no era así y todas, por orden, por turno o porque la abadesa así lo disponía, nos encontrábamos regentando el huerto, la cocina, el torno (que ya casi nunca giraba) o bordando. Manteles, sábanas, camisones de seda. Almidonando enaguas, trajes de cristianar, ajuares para recién casadas. O simplemente aprendiendo, practicando para no perder mano porque los tiempos (desde la aparición del nylon) estaban experimentando un giro vertiginoso y las madres de familia ya no pensaban en encargarnos ajuares para sus hijas, sino tan sólo en escaparse a Andorra y adquirir unas prendas que ni se planchaban ni se arrugaban ni necesitaban de nuestros cuidados. Pero no tenía que cundir la desesperanza. Deberíamos bordar como si nada ocurriera. O cocinar, o atender el torno, o cuidar del huerto. Porque en los conventos acecha un mal, el mal de todos los males. Una mezcla de malhumor, angustia, desazón, aburrimiento que suele atacar a las más jóvenes o a las más viejas. Algo que viene de antiguo, que los padres de la Iglesia conocen como «acedía» y contra lo que no valen médicos ni remedios, sino tan sólo rezos y jaculatorias. En aquel monasterio la acedía había atacado en tiempos a alguna monja. Y cuando madre Angélica por las noches nos hablaba de la «tristeza mala», ellas, las veteranas, bajaban los ojos para evitar mirarse entre sí. Porque ese desaliento temido convierte a la que lo padece en una sombra en vida. Sombra entre sombras. Pero en nuestro convento madre Pequeña, la más anciana, no parecía afectada por el mal, ni yo, la más joven, podía imaginarme siquiera en qué consistía. Aquella vida era mejor que la que se me ofrecía en La Carolina. Allí se me trataba como a una mujer a medias. Aquí se me hacía el regalo de sentirme niña. Pero tal vez por eso, para prevenir la terrorífica acedía, se me permitía, sólo a mí, ocuparme de la limpieza y del cuidado del arca. Y ella, madre Pequeña, era la encargada, cuando la situación así lo requería, de algo por lo que mostraba una gran habilidad y un denostado empeño: eliminar gatos por asfixia. «Pero no tienes que asustarte», me dijeron. «Por favor, no *debes* asustarte.»

Todo, me contaron, había empezado por una casualidad, un imprevisto. Hacía años, cuando el jardín del convento era mucho más grande, las casas colindantes más pequeñas y el huerto no necesitaba aún del alto muro para defenderse de miradas ajenas, un buen día aparecieron media docena de gatos recién nacidos y medio muertos de hambre. Los descubrió la hermana que en aquel tiempo se ocupaba del huerto. Vio una cesta, pensó que alguien había acudido a una forma singular de ofrecer su limosna (porque en aquel tiempo el torno giraba de continuo) y, con gran curiosidad, levantó el pañuelo que la recubría y cuyas ondulaciones había atribuido al viento. Dicen que la hermana se quedó boquiabierta. Y como si aquello fuera una bendición, un signo del más allá destinado sólo a ella —o porque temía, quizá, que el cuidado de unos gatos no estuviera contemplado en la rigurosa regla— los bautizó en secreto, les dio un nombre, y desde entonces pasó a considerarlos como a unos hijos. Pero como las raciones de pan y leche están estrictamente controladas en un convento y la comida no sobra, en la cocina empezaron a detectarse inexplicables faltas, y la hermana en cuestión no tardó en sentir remordimientos por privar a la comunidad de lo poco que, a escondidas, apartaba diariamente para sus gatos. Con lo cual decidió alimentarlos únicamente a sus expensas y, mientras los animales crecían, ella, cada vez más demacrada, empezó a menguar, a sentir náuseas y mareos, a encontrarse tan debilitada y decaída que pronto las faenas de la huerta se revelaron como una carga insostenible. Cayó enferma, pero, aun así, fingía en su celda comer las colaciones que otras hermanas llevaban hasta su lecho, las guardaba en cucuruchos de papel de estraza y esperaba —porque así lo había manifestado en noches de delirio— a encontrarse mejor y acudir en socorro de los que llamaba sus hijos. La abadesa de entonces, que al principio había sospechado la acedía, pasó a plantearse la locura, para luego, a los pocos días, olvidarse casi completamente de la hermana enferma. Porque pronto los gatos, incapaces aún de trepar por el muro, se encontraron de la noche a la mañana sin protectora y buscaron alimento donde su buen instinto les dio a entender. Atacaron la cocina y arañaron a la espantada madre cocinera. Y mientras la monja enferma, postrada en la cama, seguía gritando en sueños el nombre de sus hijos y de la celda surgía un hedor insufrible, ellos, los hijos, no tardaron en registrar la llamada de su protectora y en acudir en tropel a los pies de su lecho. Y así los encontraron. En una celda hedionda junto a la madre muerta, rodeados de alimentos en descomposición y cucuruchos de estraza destrozados. Pero eso, dicen —porque había ocurrido hacía tanto tiempo que parecía una historia ajena—, no fue lo peor. Nadie recuerda lo que pasó con los gatos salvajes, cómo se desembarazaron de ellos, o a qué argucia recurrieron para que abandonaran por sus propias fuerzas el convento. Lo único cierto es que a aquella camada siguieron otras, cestas de mimbre deslizadas con cuerdas por las noches, como si entre el vecindario hubiera corrido el rumor de que las monjas sabían qué hacer con ellos, cuidarlos, alimentarlos, dejarlos vagar por sus escuetas posesiones o, tal vez, eliminarlos. Y en esa transferencia desdichada de responsabilidades surgió de pronto la voz de una postulante. Madre Pequeña, la más joven de la comunidad, casi una niña. Ella sabía cómo actuar, en su pueblo lo había visto muchas veces. A los gatos se les podía escaldar, envenenar o ahogar de una forma limpia, incruenta. Y así, mientras la dejaban hacer en el huerto —con las ventanas cerradas para no verlo, para no oírlo—, la superiora daba voces a través de la celosía y la madre tornera a través del torno por si alguna familia quisiera hacerse cargo de aquellos animales. Pero no sólo nadie quiso, sino que pronto cundió otro rumor. Por una limosna, un óbolo, las monjas se encargaban de la desaparición de las crías no deseadas. Y aunque eso no fuera exacto en un principio, no tardó en convertirse en práctica habitual. Una vez al año, por lo menos, las camadas malditas entraban en el convento, ahora por la puerta, por el torno, sin necesidad de recurrir a improvisadas poleas o cuerdas. Y, antes o después, una limosna, un donativo. La madre Pequeña había terminado con el problema.

Yo nunca pude soportarlo, y la primera vez —hará de eso tantos años— me puse a llorar. Pero aquel día nadie dijo: «Es de alegría». Y metí a madre Pequeña en el mundo, mi baúl de caoba y bisagras de hierro, en uno de los cajoncitos secretos. El de la rabia. Donde podía insultarla a mi antojo. Muy cerca del padre José. Porque hacía ya mucho tiempo que el padre José vivía encerrado en el interior del arca. En el cajón más deteriorado, más angosto. Y ahora, mientras insultaba a madre Pequeña, me acordaba del padre José, de sus palabras, de la gran idea que me brindó sin darse cuenta. De la tarde, en fin, en que madre Angélica me llamó a su despacho y dijo sonriendo: «Carolina, querida, tienes visita».

Por un momento pensé que se trataba de doña Eulalia. Pero la abadesa no me condujo hasta la celosía del vestíbulo, sino a la del oratorio y, una vez allí, de rodillas, antes de distinguir la silueta encorvada del padre José, reconocí con disgusto el olor acre de su sotana mezclado con otros aromas familiares. Olor a campo, a heno, olor a lluvia. Me sentí desfallecer, pero nada dije. Fue él quien preguntó y contestó a sus preguntas. Estaba bien, la comunidad era como una gran familia, mi padre se había mostrado generoso, y mi llegada era recibida como una bendición. No habló de los años que me quedaban aún para profesar —como si ya hubieran transcurrido, como si el convento fuera realmente el castillo de irás y no volverás— y me pareció, a pesar de la penumbra que reinaba en el oratorio, que evitaba mi mirada, que daba por concluida la entrevista, ahora, cuando ya sabía qué decir a mi padre. «Está bien, la comunidad es como una gran familia, sus donativos, en estos tiempos, han sido recibidos como una bendición.» Pero antes de que se incorporara, antes de que interrumpiera el balanceo nervioso que imprimía a la silla, una voz que no era mía, pero que salía de mí, empezó a hablar. Y me escuché atónita. «Padre, yo no hice nada. No tuve tiempo siquiera de hacer nada.» Y después, asustada, bajé los ojos, imaginando la expresión crispada del sacerdote, aspirando el tufo acre de su sotana, el olor a tierra, a heno, el olor a lluvia.

—¿Te refieres aún al muchacho rubio? No está bien que le menciones en este lugar. Y además —y aquí se interrumpió— está lo otro...

Sí, estaba lo otro. Pero a veces —y seguía sin atreverme a alzar la mirada— hay pensamientos que acuden de pronto, sin que una pueda hacer nada por remediarlo, pensamientos que no son más que eso: pensamientos. Una voz interior que susurra despropósitos. «Ojalá se mueran», había pensado yo. Y cuando has caído en la cuenta, ya es dema-

siado tarde. Como ahora —pero eso no me atreví a decírselo— cuando el sacerdote acercó su rostro a la celosía y yo pensé: «Huele a cerdo, a establo, a porquerizo». Por eso seguí hablando. De los pensamientos que asoman de pronto para olvidarme del último pensamiento que había asomado de pronto. Y después, cuando él dijo: «Luego, más tarde, creíste ver lo que sólo existía en tu imaginación enferma», ya no pude responder. ¿Era posible que yo estuviera enferma? Y de nuevo un pensamiento: «Se están librando de mí», que no desapareció enseguida como los otros porque yo no le ordené que se desvaneciera. Y al instante una pregunta que tenía algo de amenaza: «¿No me estarás explicando que te encuentras mal aquí, después de lo que me ha costado que te aceptaran a pesar de tu edad? ¿No desearás volver a La Carolina?». Y antes de que mi cabeza negara con vehemencia, el padre José había acudido ya a un tono amable, conciliador: «Olvídate. No te atormentes más y reza». Y dijo entonces:
—Deja las cosas del mundo para el mundo.

Atravesé el claustro, contesté a las jaculatorias de las hermanas, corrí hasta la entrada y acaricié al marino, el velero, el sol resplandeciente, la nube negra y tormentosa. Y abrí el arca. Como si fuera la primera vez. Una primera vez que no podía recordar porque había estado siempre allí, en el planchador de una casa a la que no deseaba regresar. Pero había algo en la lentitud, en la emoción, que, me hacía pensar, se parecía a la primera vez. Y enseguida me encontré con el traje de mi madre, en la misma posición en que lo había dejado la abadesa. «Lo enseñaremos a la señora Ardevol, a la señora Font... Tal vez así se decidan a encargarnos algo.» Y también con el eco de las voces de unas niñas, voces chirriantes de una tarde fría en el patio de un colegio. *No se casará, Carolina no se casará...* Pero ya nada iba a ser como antes. Ordené a aquellas voces que desaparecieran e invoqué de nuevo la de madre Angélica: «Y, si no, podemos hacer cortinas, tapetes, vestir el altar del oratorio...». Sí, se podían hacer un montón de cosas con aquellos bordados, pero todavía, por fortuna, seguían allí. Y mis manos recorrieron el interior del arca, del mundo, de mi mundo. Y casi sin darme cuenta abrí uno de los cajoncitos secretos, el más deteriorado, el más angosto. Lo abrí y lo cerré de golpe, con rabia. Pero al hacerlo fue como si metiera también allí al padre José, su sotana mugrienta, su aliento fétido. «Cerdo, cochino, puerco», murmuré. Y esta vez no fue un pensamiento de los que después deseara olvidarme. «Hueles a mierda», añadí. Y súbitamente tranquila, como si para mí empezara en aquel momento una nueva vida, cerré con toda suavidad el arca, acaricié al marino, di la vuelta a la llave y, muy despacio, muy despacio, la guardé en el bolsillo.

De algunas de estas cosas hablaría con madre Perú. Hablaríamos casi sin palabras. Pero todavía

37

faltaban muchos años para que la que iba a ser mi gran amiga entrara en el convento. Y ahora me parece curioso, muy curioso. Porque entre que encerré a madre Pequeña en el cajón de la rabia, junto al padre José, y la llegada de mi amiga, no logro rescatar apenas nada que me haga distinguir un día de otro. Y sin embargo fueron largos años. Años en los que la sorpresa dejó paso a la rutina, los bordados se acumulaban en el cuarto de costura, el torno continuaba sin girar y por las noches, las mañanas, o en las pláticas del oratorio y la capilla, se nos seguía hablando de acedía, de la vida de los santos eremitas, de las madres del desierto... Y también del nylon. Pero no recuerdo una emoción especial el día de la profesión de votos —que ahora queda muy lejos, como si nunca hubiera existido, como un simple eslabón en la cadena de ritos y ceremonias en que consistía mi vida—, tan sólo que aquel día, más esperado por todas que por mí misma, la comida en el refectorio tuvo aires de fiesta. Y la felicidad de madre Angélica, cada día más olvidadiza, tanto que ni siquiera me llamó a su despacho, como se debe hacer (como dicen todas las monjas que les sucedió cuando eran novicias), para asegurarse de mi decisión, para recordar a la postulante que las puertas hasta aquel día están abiertas, que un momento de duda y se traspasa el umbral. Y nadie puede guardarte rencor. Porque la profesión es libre, es una entrega libre, una decisión libre. Y yo fui libre. ¡Qué mayor libertad para no plantearme siquiera la posibilidad de cambiar mi destino! Hacía tanto tiempo que no miraba a través de la celosía, que no me encaramaba al ventanuco de la celda para ver los terrados, que había llegado a olvidarme de que existiera algo más fuera del convento. O no podía haberme olvidado porque sí sabía. (Mi padre se había vuelto a casar. Doña Eulalia se había ido a vivir a casa del cura, del padre José, a cuidarle, a limpiarle la casa. Y después, cuando murió el padre José, doña Eulalia se quedó en su vivienda y me escribió dos cartas que nunca respondí, dos cartas que también enseguida olvidé, en las que pedía permiso para visitarme, para hablar conmigo, para tranquilizar su conciencia, decía. Pero todos ellos quedaban ya muy lejos. Inmóviles como estatuas. Sentados junto a la chimenea de La Carolina. Seguían allí, detenidos en el tiempo, como en una fotografía en la que hasta el fuego parecía de mentira, incapaz de crepitar, de dar calor. ¡El gélido fuego de La Carolina!) Pero todo en un convento es a la vez reciente, a la vez antiguo. Los días se suceden implacables, empeñados en repetirse, en copiarse, en parecerse tanto unos a otros que hasta los pequeños cambios, las pequeñas novedades, son admitidas sin sorpresa, como si siempre hubiese sido así, como si no pudiera ser de otra manera. Los frecuentes achaques de madre Pequeña, la progresiva pérdida de visión de madre Angélica, la evidencia, en fin, de que el mal venido del otro lado de la frontera se estaba desvaneciendo... «No es magia», había dicho madre Angélica. «Han sido nuestras oraciones.» Porque el demonio del nylon, después de su triunfo, había sufrido una terrible derrota. Y ya la señora Font, la señora Ardevol, o mejor, las hijas de la señora Font, de la señora Ardevol, de cualquiera de nuestras escasas benefactoras, volvían a visitarnos con frecuencia. A encargarnos cortinas, sábanas, mantelerías. Y, aunque las manos de las mejores bordadoras se habían hecho ya viejas, contábamos aún con un arsenal de trabajos de los tiempos en que practicábamos para no olvidar. Tiempos que también eran ya historia, pero seguían allí, como todo en el convento. Confundidos unos con otros. Presentes en su ausencia. Un círculo más de aquel plácido remolino en que consistía nuestra vida. Hasta que llegó madre Perú. Y los días, de pronto, dejaron de parecerse unos a otros.

«Viene de muy lejos», dijo madre Angélica. «Del Perú.» Y muy alegre, como siempre que acababa de consultar un libro, una enciclopedia, un diccionario, nos instruyó acerca de las dimensiones del país, del número de habitantes, de sus tres regiones naturales: costa, sierra, selva; de la peculiaridad —y eso parecía fascinarla— de que en una de esas tres regiones, la sierra, se dieran a lo largo de un solo día todos los climas del mundo. Invierno, primavera, verano, otoño. Y al caer la noche, de nuevo el invierno... «¡Las cuatro estaciones!», exclamó varias veces. No sabíamos todavía si madre Perú era blanca, india o mestiza, pero eso, aclaró enseguida, no tenía que importarnos a nosotras, hijas de Dios, esposas, esclavas. Y luego añadió: «Dios aprieta, pero no ahoga». Y también: «Una se va y otra viene». Porque hacía ya una semana que madre Pequeña agonizaba en su celda, sujeta a terribles pesadillas, visitada por ánimas maullantes, rechazando remedios, pidiéndonos perdón, espantándose ante nuestra presencia. «¡Fuera gatos!» Como si, en su delirio, nos hubiéramos convertido todas en gigantescos gatos negros rodeando su lecho, exigiéndole una vida que no podía devolvernos. Y a veces, por las noches, recordábamos la historia de la bondadosa madre jardinera. La historia que ninguna habíamos vivido, pero que quedaba ahí, impresa en las paredes del convento. Como pronto quedaría la de madre Pequeña. Dos caras de la misma moneda. Pero los chillidos de la agonizante se nos hacían insoportables. Y sentíamos pena. Yo también sentía pena. Y me arrepentía de haberla encerrado tiempo atrás en el cajón de la rabia. Porque debíamos ser misericordiosos, perdonar a nuestros semejantes. Además, hacía ya mucho que nadie traía gatos al convento y ahora sólo pensábamos en nuestra nueva hermana, en la monja que venía de tan lejos. Y contábamos los días que faltaban para su llegada. Hasta que sonó la campanilla de madre Angélica y todas nos reunimos en su despacho.

No parecía una monja, más bien una campesina. Tenía la piel tostada y sonreía con timidez. A la abadesa, en cambio, se la veía triste, confusa. «Aquí está nuestra nueva hermana», dijo. Pero no añadió: «Una se va y otra viene». Después, cuando de la garganta de la recién llegada surgió un extraño sonido a modo de saludo, todas comprendimos el desengaño de la superiora. Sí, madre Pequeña se iba a ir, era cierto, pero, a primera vista por lo menos, no estaba claro que ganáramos con el cambio.

¿Por qué, sin embargo, le tomaría tanto cariño? Madre Perú no podía hablar. Contestaba a nuestras preguntas garabateando sobre un papel, con mala letra, frases breves repletas de faltas de ortografía. Apenas podía contarnos algo de su remoto país, el de las tres regiones, los cuatro climas, el recuadro verde que la abadesa nos había mostrado en un atlas días antes de su llegada y que ahora todas deseábamos conocer. Por eso, como concesión, se nos permitió durante algunos días consultar libros, mapas, enciclopedias. Y tal vez esté ahí la razón de que le tomara cariño. Porque su llegada me permitió acceder a aquellos tesoros custodiados en el despacho de la abadesa. Y así, mientras la instruía en nuestras costumbres, aprovechaba para recordarle las suyas. Y le leí vidas de frailes, de santos, de monjas visionarias, de niños milagreros. Leyendas de aparecidos, almas en pena, monasterios benditos y malditos... Y aunque a menudo confundía países, curaciones o milagros, no dejaba de felicitarme por mi suerte, por poder acceder al armario de los libros y repetir en voz alta todo lo que había aprendido. Y a ratos me hubiera gustado que el convento contara con alguna leyenda parecida. Para admirarla, para sorprenderla, para que se encontrara a gusto entre nosotras. Pero el día en que la introduje en el cuarto de la moribunda, y madre Pequeña, con la desesperación a la que ya me había acostumbrado, gritó con más fuerza que nunca: «¡Fuera gatos!», yo percibí un estremecimiento en la recién llegada y me di cuenta de que también teníamos nuestras pequeñas, modestas historias. Y después de explicarle las antiguas habilidades de la agonizante, me remonté a la otra, a la monja de aquellos tiempos en que el jardín era mucho más grande, las casas colindantes más pequeñas y el huerto no necesitaba aún de tan alto muro para defenderse de las miradas de extraños. Ella me escuchó con mucha atención. Ella siempre me escuchaba con atención. Como si supiera que en mí tenía desde el principio a una aliada, que contaba con mi apoyo para vencer las reticencias de la abadesa, cada día más mustia, más desconcertada. ¿Cómo se les había ocurrido enviarnos a aquella hermana? Aquí había una confusión, un error, decía. Porque madre Perú significaba una carga. No sólo no hablaba, no sólo era muda, sino que tampoco hacía nada de provecho. No sabía bordar, y en estos momentos bordar, una vez devastado y vencido el demonio del nylon, había recuperado su importancia. Ella había solicitado una mano, pero no una boca, que no sólo era incapaz de hablar, sino que había que alimentar. Como a las otras. Aunque reconocía que madre Perú era, de todas nosotras, la que mejor respetaba el precepto del silencio y por ese lado, al menos, no había nada que reprocharle. Pero ahora, por ejemplo, ¿qué estaba haciendo ahora? Y yo, en su despacho, junto a la ventana que daba al huerto, le explicaba que madre Perú estaba recogiendo calabazas. Porque en su país existía un arte muy raro que aquí no conocíamos. No era un arte de monjas ni tampoco se practicaba en las ciudades, sino sólo en algunos lugares de la sierra —¿no se acordaba la abadesa de los cuatro climas?—. Lugares con nombres muy difíciles de pronunciar, pero que ella, madre Perú, me había escrito en un papel y que luego yo, con alguna letra cambiada, había encontrado en los libros. (Y ahora me parecía que madre Angélica me miraba con admiración, que se felicitaba por la idea de haberme dado acceso a la biblioteca.) Pero esto no era todo. Las campesinas de aquellos pueblos de nombres raros vendían sus productos a coleccionistas, a extranjeros, a todo aquel que supiera apreciarlo. Y madre Perú, que antes de ser monja había sido campesina, sabía algo de eso. «¿De calabazas?» No, no eran exactamente calabazas, sino mates. No podía explicarle muy bien lo que eran mates, pero sí que aquí, al no tener mates, teníamos calabazas. Y madre Perú llevaba ya varios días entrenándose en hacer dibujos en las calabazas. En bordarlas, por decirlo de alguna manera. Tenía un punzón y, con ayuda de unas tintas que ella misma fabricaba, labraba figuras, jugaba con los oscuros y los huecos. Y aunque yo no sabía del todo de qué se trataba —el arte extraño se llamaba «burilar», me lo había dicho ella con su letra redonda—, sí sospechaba que no nos lo quería enseñar hasta que estuviera terminado, y que era ésa una forma de mostrarnos, ya que las palabras no le acompañaban, lo que era capaz de hacer. Y si en su país aquello, fuera lo que fuera, se vendía, a lo mejor —y ahora en los ojos de la abadesa se encendió una pequeña chispa—, aquí podía ocurrir lo mismo. Y no sé si fue esto lo que terminó con su reticencia o lo que le oí decir poco después como para sí misma: «Por lo menos, mientras lo hace, puede rezar. Rezar con el corazón». Pero lo cierto es que desde aquel día todas respetamos el trabajo de madre Perú. Y aunque nos moríamos de curiosidad, la dejábamos hacer en silencio. Hasta que, al cabo de un mes, su obra estuvo terminada.

Yo fui la primera en aprender a leer. Al principio no vi más que una calabaza repleta de figuras, de dibujos. Pero la autora, paciente, muy paciente, me explicó con gestos, ayudándose ocasionalmente de la libreta, la relación entre ellos. No eran sólo dibujos, tampoco escenas aisladas, sino que allí se contaba toda una historia. Y después, cuando debió de pensar que ya estaba preparada, señaló con el punzón unas figuras situadas abajo, casi en la base, y me indicó que no debía moverme, sino que era ella, la calabaza, quien debía girar. Siempre hacia la izquierda. Y, colocándola sobre la mesa de planchar y moviéndola muy despacio, me pareció como si me encontrara subiendo por una escalera de caracol en la que, poco a poco, todo me resultaba familiar, conocido, comprensible. Porque allí estaba el convento. Cuando el jardín era muy grande y no hacía falta un alto muro para proteger el huerto. Allí estaban los gatos, el bautismo, la madre cuidando de sus hijos, alimentándolos a escondidas; la enfermedad, su postración en el lecho. Y luego, el alboroto, el motín. La pobre monja cocinera caída en el suelo con los pies en alto, los gatos introduciéndose por altillos y alacenas. Pero, sobre todo, la monja cocinera caída en el suelo con los pies en alto... Y aquí todas nos pusimos a reír. Incluso la abadesa se puso a reír. Pero luego, al rato, su rostro se contrajo en una actitud sombría, una actitud ya habitual desde que al convento llegara madre Perú. Y eso que el final era muy hermoso, no cabía duda. El lecho de la fallecida rodeado de monjas y gatos. Y, enseguida, sólo rodeado de monjas. Porque la fallecida subía a los cielos como una santa, como una virgen, como cualquiera de las muchas estampas que teníamos todas en los misales, como algunos de los cuadros que adornaban los pasillos del convento. Pero, en lugar de ángeles, los que ayudaban a la monja santa en la subida eran sus hijos, los gatos. Y aunque era muy hermoso —sí, la abadesa reconocía que era muy hermoso y que a punto había estado de que se le saltaran las lágrimas—, ¿cómo nos atrevíamos a decidir el destino de la madre benefactora? ¿No correspondía a las autoridades eclesiásticas y sólo a ellas elevarla a categoría de santa? Y lo que era peor. ¿Dónde quedaba entonces madre Pequeña? Porque ¿no era lo mismo santificar a la primera que condenar al fuego eterno a la segunda? Y entonces por un momento reviví mis primeros días en el convento, los aullidos de las víctimas inocentes, el extraño brillo de los ojos de madre Pequeña, y fue como si la viera estampada en otra calabaza, en otro mate, como si los gatos angélicos, ahora rabiosos, la estiraran de los pies y la precipitaran en el infierno. Y algo parecido debían de haber pensado mis hermanas. Porque de pronto todas miraban con ojos acusadores a madre Perú y la abadesa con voz enérgica nos recordaba las virtudes y la bondad de la fallecida, su terrible agonía, pero, sobre todo, sus virtudes. Los gatos eran una plaga —¿cómo podíamos haberlo olvidado?— y ella, madre Pequeña, con valor y decisión, había liberado al convento del problema. Por eso aquella calabaza vaciada y reseca —o mate, qué más daba— repleta de monigotes, aunque graciosa —y ahora miraba de nuevo a la madre cocinera caída de espaldas con los pies en alto— no tenía justificación alguna a no ser que la hermana buriladora se empeñase de inmediato en decorar otra con la vida y bondades de nuestra querida madre Pequeña. Y entonces se produjo un silencio. Unos instantes en que se podía escuchar el zumbido de las abejas en el huerto, nuestra respiración o el tintineo de las cuentas de los rosarios contra los hábitos. Unos segundos que me devolvieron a lo que había sido nuestra vida durante años y años. Había sido, pero ya no era. Porque lo cierto es que desde la llegada de madre Perú no parábamos de hablar. Como si su mudez irremediable nos relevara de nuestro sacrificio voluntario. Como si siempre hubiera algo que aclarar, que discutir. Y por eso yo de nuevo tomaba la voz cantante, en mi cometido de intermediaria entre la recién llegada y la comunidad, con la autoridad que me confería el moverme a mis anchas en las estanterías del despacho de la abadesa, por mis conocimientos del país de las tres regiones, de las costumbres de ciertos conventos del mundo, de sus milagros, de sus leyendas... Y eso era exactamente lo que había ocurrido aquí. Ninguna de nosotras había conocido a la madre prohijadora de gatos ni era capaz tampoco, sin acudir a los archivos, de fijar con exactitud las fechas en que sucedieron los hechos citados. Con lo cual madre Perú no había hecho otra cosa que narrar una leyenda (la historia de las primeras camadas de gatos era ya una leyenda). En cambio entre la muerte de madre Pequeña y el año del Señor en el que nos hallábamos no había transcurrido aún el tiempo suficiente, y otras serían las encargadas, si así lo estimaban conveniente, de rendirle el debido homenaje. En su momento. Quizás en el próximo siglo o quizá nunca. Porque lo que no podíamos hacer era meternos en la mente de nuestras sucesoras. Es más, ni siquiera podíamos aventurar si tendríamos sucesoras. Y aquí la abadesa, recogiendo el rosario, como todas hacíamos cuando nos desplazábamos por el convento, impidiendo que las gruesas cuentas colgadas de la cintura rompieran un silencio que ya no existía, dijo: «Sí las habrá. Pero aún es pronto». Y nos contó que dos futuras postulantes habían solicitado el ingreso en la comunidad. Pero eran demasiado jóvenes todavía —y yo me sorprendí: ¿más jóvenes que yo? ¿Eran acaso niñas? ¿Volvíamos a los tiempos en que en los conventos (y lo había leído en los libros de la abadesa) se aceptaban niñas, se las instruía, aprendían a bordar, a escribir, educaban su voz en el coro de la iglesia, y luego salían al siglo y contraían matrimonio?—. «Tienen que estar seguras de su vocación.» Y de nuevo me sentí confundida. ¿Me habían preguntado a mí si estaba segura de mi vocación? Sólo algo parecía claro, muy claro. Madre Angélica no se encontraba bien. Porque ahora, cuando abandonaba la sala de labores y se disponía a entrar en el claustro, dejaba caer indolentemente el rosario sujeto a la cintura, sin importarle que el grueso crucifijo golpeara con fuerza sus rodillas. Se la veía preocupada y al tiempo ausente. Angustiada, desalentada, abatida. Y aunque ninguna de nosotras pronunció palabra, fue como si supiéramos de pronto que nos encontrábamos frente a la terrible enfermedad, el mal de todos los males, la dolencia contra la que no valen médicos ni remedios, sino tan sólo rezos y jaculatorias. «Acedía» murmuré para mí misma. Pero no debí de ser yo sola. Porque al instante nos concentramos todas en la calabaza, recordando que el terrible mal es contagioso, se expande como la peste, devasta, asola, se adueña de comunidades y conventos. Por eso, con el punzón en la mano, indiqué el punto de partida, hice girar el mate hacia la izquierda y fui desvelando por segunda vez, ante los ojos de mis hermanas, la historia que ya conocían. Pero ellas, no muy duchas aún en el arte de la lectura, me pedían ayuda, me hacían volver hacia atrás, de nuevo hacia adelante, me rogaban que me detuviera un poco más en alguna casilla, que explicara, en fin, lo que la monja muda no podía explicar. Y ella, madre Perú, agradecía con la mirada tanto interés, tanto apoyo. Porque era como si le dijéramos: «Sigue trabajando, grabando. Dibuja historias y más historias. Háblanos a través de tus mates». Y así lo entendió y así hizo. Porque desde aquel día, cuando entrada la noche nos recogíamos en las celdas, podíamos escuchar junto a su puerta el inconfundible rasgueo del buril, de los buriles. Y, aunque nos enseñó alguno de sus nuevos trabajos, yo siempre sospeché que había otro. El importante, el único, el que le hacía permanecer en vela hasta la madrugada, retocando y retocando, puliendo y puliendo, a la espera tal vez de un acontecimiento, una fecha señalada. Un regalo. Una sorpresa. Una obra maestra.

Madre Angélica no estaba enferma, sino cansada, simplemente cansada. No había contraído el mal, la «tristeza mala», pero, así y todo, no tenía más remedio que preocuparme por su salud. Cada día veía peor, el pulso le temblaba y era yo quien me encargaba de contestar sus cartas, cartas y más cartas, de hacer las cuentas, de reparar errores y olvidos. Pasaba la mayor parte del día en su despacho y, muy a menudo (porque había terminado por acostumbrarse a mi presencia o porque sus ojos a veces se le nublaban y se creía sola), la escuchaba lamentarse, suspirar, sostener conversaciones con interlocutores invisibles. «Antes, por lo menos, el enemigo tenía un nombre y las cosas estaban claras.» O también: «Estos tiempos... No logro entender estos tiempos». Y de repente, como despertando de un sueño, caía en la cuenta de que yo estaba allí. «Contesta al obispo», decía. «Dile que respetamos sus consejos pero que no deseamos romper la clausura. Ni siquiera para votar, como nos pide.» Entonces yo la obedecía en silencio y pensaba que, en algunas cosas por lo menos, la abadesa tenía mucha razón. Eran otros tiempos. Tiempos en que se nos permitía, si así lo hubiéramos deseado, salir del convento, pasear, acudir al médico, visitar a familiares. Nuestro fuerte no era tan inaccesible como antes ni la regla tan estricta. Sí, todo había cambiado... O, quizá, no tanto. Porque la sola idea de salir al siglo nos producía malestar, desconcierto, un agudo escozor en el estómago, y era sin embargo el siglo el que, como siempre, se aprestaba a abrir la cancela herrumbrosa, a cruzar el pesado portón, a recordarnos incansable: «Estoy aquí. Sigo estando aquí». Y fue así como un día, al poco de morir mi padre, se presentó en el convento un abogado del pueblo —de nuevo aquel pueblo al que no deseaba regresar ni con la memoria—. «No lo reconocería usted. No puede imaginarse lo que ha cambiado.» Y habló de mejoras, de hoteles, de fábricas, de campos de deporte. Luego me mostró unos papeles, me pidió otros, hizo algunas preguntas, se admiró de la edad en la que había ingresado en el convento, volvió sobre los papeles y meneó comprensivo la cabeza.

—Pero, madre Carolina —dijo—, la han estado engañando durante toda su vida.

Aunque ¿qué podía saber él de engaños? ¿Qué podía saber del pueblo si él mismo confesaba que

no lo reconocería? ¿Cómo explicarle que las cosas entonces fueron así, de aquella manera? ¿Por qué no preguntaba a su madre, a sus tías, a las ancianas del lugar...?
Por la noche me subí a la cama y miré a través de la celosía. Como tantos años atrás, como la primera vez. Sí, me habían engañado. Pero ¿a quién podía importarle eso ahora? Y me sorprendí mirando los balcones cerrados, las azoteas desiertas, tarareando una canción, enjugándome una lágrima, recordando al muchacho rubio, el que trabajaba en los campos de mi padre —y que ahora, por el abogado, me enteraba de que siempre fueron míos— repitiendo infatigable una palabra: monasterio, monasterio, monasterio... Pero ya no estaba allí. Entre las paredes de una celda. Sino en el campo, al aire libre. El muchacho y yo, cogidos de la mano. La mañana en que acercó sus labios a mis mejillas, yo le acaricié el cabello y mi corazón latió como nunca después volvería a ocurrirme. Y era hermoso sentirse así. Recuerdo muy bien que era muy hermoso. Pero no estábamos solos. No sé quién pudo vernos, quién pudo explicar lo que nunca había sucedido. Al poco las chicas de la escuela murmuraban en corros a mi paso, el muchacho se fue —o tal vez le despidieron—, mi padre me reprendió. Y yo deseé matarles a todos, planeé matarles a todos, y les maté, aunque fuera en sueños. ¿Por qué se había ido? ¿Por qué no le mandaban llamar para que contara la verdad? «Ya la ha contado», diría más tarde

el padre José. Pero yo no podía creerle. Porque un día, buscando a doña Eulalia, la mujer que cuidaba de La Carolina, la única que podía comprenderme, la encontré en los brazos del padre José. Como años antes la había sorprendido en los del mío. Pero no fue mi imaginación. Yo les vi, y él, el padre José, se dio cuenta de que les veía. Pero ella, pobre doña Eulalia, sí debía de saber de engaños. Ella había bajado los ojos, me había advertido, ella quiso al final de sus días poner en orden su conciencia. Todo esto lo sabía yo desde hacía tiempo. Pero las cosas así eran entonces. Y cuando se decidió que mi única salida era abandonar el pueblo e ingresar, por un tiempo al menos, en una orden, yo acogí aliviada la idea. Les odiaba a todos. Sólo deseaba que desaparecieran. ¿Y cómo se puede matar a todo un pueblo?

—Pero no se preocupe —había dicho el abogado—. Todavía es rica. Recuperaremos lo que se pueda. No tienen por qué vivir ustedes con tantas privaciones.

Ahora, sin embargo, yo no quería pensar en eso. El frío del invierno, la leche aguada, las modestas colaciones en el refectorio, la alegría incontenible de madre Angélica... Había vuelto a La Carolina, a una de las veladas junto al fuego, siempre a la misma, aquella que en mi pensamiento había quedado congelada, inmóvil, como una fotografía. Pero hoy iba a permitir que volase el recuerdo. Y aunque ellos siguieran rígidos como estatuas, frente a un fuego que no calentaba, dejaría que una piedra atravesara el cristal de la ventana y rompiera la noche. Una piedra con un papel atado, un mensaje. «Carolina no se casará.» El mismo que cantaban algunos corros en el patio de la escuela. *No. No se casará. Carolina no se casará...* Pero era extraño, curioso. Ni siquiera la piedra, tanto tiempo retenida en la memoria, lograba alterar la inmovilidad del grupo frente al fuego. Era sólo una piedra. Una piedra sin poder. Un fósil. Voces de otros tiempos incapaces ya de producirme la menor emoción. Ni siquiera rabia.

«Se lo enseñaremos a la señora Font, a la señora Ardevol...», recordé. Y también: «Tapetes, cortinas, faldas para el altar del oratorio...». Sí, todavía, por fortuna, se podían hacer muchas cosas con aquellos bordados.

Pero ya lo dije antes. Desde que llegó madre Perú ningún día se parecería al otro. Ni tampoco las noches serían noches. Porque estaba yo pensando en estas cosas cuando alguien golpeó mi puerta y de fuera me llegaron murmullos, pasos apretados, risas... Al salir sólo alcancé a escuchar: «¡Milagro!». Ahora corrían todas por los pasillos, por las escaleras, olvidadas de rezos, reumatismos, dolencias, sin molestarse en sujetar los rosarios, como siempre hacíamos, como se nos decía que debíamos hacer. Y el grupo jubiloso se congregaba en la cocina, donde se encontraban la abadesa y madre Perú, envueltas en olor de fruta fermentada, y a la que llegué jadeando, con la respiración entrecortada, sin entender apenas nada de lo que estaba ocurriendo. Sólo que madre Angélica había recuperado su mirada decidida. Como en aquellos tiempos en que el mal tenía un nombre y venía de otro lado de la frontera. Ella no hablaba de milagros, no parecía emocionada como las demás hermanas. Ni tampoco cerraba los ojos, ni se llevaba el crucifijo a los labios. «¡Farsante!», dijo de pronto. Y era tanta su energía que madre Perú se puso a llorar, a negar con la cabeza, a gemir. Sí, madre Perú lloraba, gemía, pero también... ¡hablaba! «Era un voto», decía entre sollozos. «Un voto de silencio.» Y entonces, estupefacta, fui yo la que me quedé muda.

Pero yo no podía creerla. ¿Por qué no nos había dicho con su letra redonda: «Es un voto»? A mí por lo menos, a su amiga, su protectora. Y ahora, mientras escuchaba cómo había empezado todo, cómo a una de las hermanas en mitad de la noche le había parecido escuchar unos cantos procedentes de la cocina, me daba cuenta de que había muchas cosas más que yo ignoraba de madre Perú. Por ejemplo, ¿qué significaba aquella palangana en la que flotaban trozos de calabaza, que despedía un olor fuerte, mareante, y que señalaba repentinamente la abadesa con un dedo acusador, con los ojos muy abiertos detrás de sus gafas de carey? «Es un remedio», se apresuraba a aclarar ante mi sorpresa la hermana que en los últimos tiempos se ocupaba de la cocina. «El remedio de madre Perú.» Y ella, con la voz muy ronca, explicó, de nuevo ante mi sorpresa, que su salud era delicada, que a menudo sufría mareos e indisposiciones y que la palangana no contenía otra cosa que un digestivo. Calabaza hervida con agua y azúcar, y dejada macerar, muy bien tapada, durante días y días. Pero ya la abadesa probaba con un cazo el líquido amarillento y lo escupía con disgusto.

—Su remedio —dijo. ¡Y qué firme se la veía otra vez!— Permítame que le diga que el remedio se le ha subido a la cabeza.

Y yo no podía intervenir. Sugerir que madre Perú tenía los ojos rojos porque había llorado, o que la voz ronca con la que nos hablaba no era más que la consecuencia de haber permanecido durante mucho tiempo en silencio. Ahora, desde que había dejado de ser muda, ya no podría defenderla como antes. Porque así lo dice la regla: «No cabe la protección, ni tan siquiera entre miembros de la misma familia». Y si hasta entonces la abadesa había dejado que la ayudara era porque, creíamos, no podía hablar, y yo era su intérprete, la encargada de integrarla en nuestra pequeña comunidad. Pero no me encontraba a gusto allí, en la cocina, aspirando el tufo a calabaza fermentada. Salí con sigilo, subí las escaleras sujetando el rosario, conteniendo la respiración. Y me metí en su celda. Ahí estaban los buriles, las tintas, el mismo olor a calabaza fermentada. Pero, sobre todo, estaba el mate. Un mate grande, el mayor de todos, en el que desde hacía tanto tiempo trabajaba en silencio. Por las noches. La obra maestra que ninguna de nosotras había visto aún. Un mate secreto, difícil de comprender, como si la historia que allí se narraba no tuviera otro destinatario más que ella misma. Pero yo podía leerlo, descifrarlo, mondarlo como una naranja, obligarle a hablar. Y así hice hasta detenerme en la última casilla. Una monja, que ahora sabía que era ella, madre Perú, tras la celosía de un convento, con una lágrima discurriendo por las mejillas. Y después una nube. El mate no estaba terminado. O quizá sí, quizás en aquella nube, que ocupaba un espacio exagerado, se encontraba lo que podía pasar aún, lo que todavía no había ocurrido. Y entonces lo entendí. Aquello era el final. Una historia abierta. O una historia que —de momento— terminaba en punta.

La primera carta llegó de Lima. La segunda de Arequipa. En las dos se nos decía lo mismo: nuestras preguntas les habían desconcertado. No estaban sobradas de vocaciones y ninguna de las dos comunidades había enviado a un lugar tan remoto a una madre muda. Eran respuestas a una carta antigua, parecía claro. Una misiva que debía de haber escrito la superiora casi en secreto, cuando se la veía mustia y angustiada y todavía madre Perú no había roto la promesa de silencio. Había una tercera, pero ésta sí había llegado hacía tiempo. Era, en realidad, la primera de todas. Venía también del Perú y en ella se informaba de que iban a enviarnos en breve a una hija de Dios. Y madre Angélica, que había pedido una mano a conventos y más conventos, se alegró tanto en su día con la respuesta que ni siquiera reparó en que el membrete, el lugar donde debía de figurar el nombre y la dirección del convento, tenía la tinta corrida. Y no quiso preguntarle nada a madre Perú —por si acaso, porque desde el principio le había parecido notar algo raro—, pero sí me preguntaba a mí, a la que había sido su intérprete, su traductora. Y yo vi una letra redonda —que al momento reconocí—, pero me limité a encogerme de hombros. «No, no puede ser», dije. «Aquí no hay una sola falta de ortografía.» Y enseguida me di cuenta de lo lista que era madre Perú, pero también de que a madre Angélica, ahora que había recuperado todos sus arrestos, no se la podía confundir fácilmente. Por eso durante muchos días apenas hablé con mi amiga, para que la abadesa no sospechara de mí, para seguir al tanto de todo lo que ocurriera y, llegada la ocasión, ofrecerle mi ayuda. Y enviamos cartas y más cartas. La superiora dictaba, yo las escribía, y luego, juntas, leíamos las respuestas. Ahora venían del Ecuador, de Bolivia, de Chile... Pero a madre Angélica le interesó especialmente la del Ecuador. Allí, en un convento de Quito, vivía una monja peruana. No es que fuera muda, pero apenas hablaba y tenía la voz muy ronca (se decía que desde muy jovencita había hecho el voto de silencio). Y lo que era más raro aún: esa monja peruana, que antes había sido campesina, sabía burilar. (Aquí me estremecí: ¿no se parecía demasiado a nuestra historia? Pero madre Angélica me ordenó que siguiera.) Hubo también en tiempos una novicia que aprendió el arte de la anciana matera. Era española, no recordaban de qué ciudad, de qué provincia, ni tampoco podían decir a ciencia cierta dónde se encontraba ahora, porque el día antes de tomar los hábitos —de eso hacía ya mucho— desapareció. O no tenía vocación o se asustó, quién sabe.

—¿No te parece raro? Carolina, hija, ¿no te parece que todo esto es muy raro?

No. No me lo parecía. Como tampoco que en otra carta de Cochabamba (Bolivia) se nos hablara de una monja, esta vez portuguesa, que asimismo desapareció. No era muda, más bien muy habladora, demasiado, pero sufría frecuentes indisposiciones que solventaba con un remedio antiguo. Piña fermentada. Un licor digestivo, un tónico.

—¿Y esto? ¿Qué me dices, Carolina, de esto?

Pero ¿había desaparecido o la habían expulsado? Ahora era yo la que me calaba las gafas de la abadesa porque la letra era muy menuda y no entendía bien lo que allí se decía. Lo repetí varias veces. No llegaron a expulsarla, ni siquiera a reprenderla. Ella, sin decir nada, se fue primero. A los pocos días de su partida, sin embargo, se presentaron en el convento unos caballeros muy importantes, muy distinguidos, que se dieron a conocer como familiares de la desaparecida y se interesaron por su paradero. Y una semana después —nunca la comunidad había recibido tantas visitas en tan poco tiempo— se personaron otros asaeteándolas a preguntas sobre los primeros. Y estos últimos —que ya no parecían importantes, ni tampoco eran distinguidos, ni siquiera, en fin, se molestaron en dejar un sobre, una limosna, un óbolo— dijeron pertenecer a la Interpol. «Sí, Interpol», repetí. Y la superiora y yo nos miramos sorprendidas. Interpol, ¿qué quería decir exactamente Interpol? No sé lo que debió de pensar madre Angélica, pero a mí, desde el primer momento, aquella palabra no me gustó nada.

Yo no quería otra cosa que avisarla. Contarle que las pesquisas de la abadesa estaban cerrando un círculo. Que todo, de pronto, concordaba, encajaba a la perfección, que tal vez la única salida sería confesarle a madre Angélica la verdad. Y aunque la verdad —eso lo sabía yo— no siempre significaba el camino más corto, ella me tendría a su lado, como antes, dispuesta a aclarar las cosas, a explicar la historia que con tanto dolor había ido escribiendo por

61

las noches en un mate secreto. Porque ¿cuál había sido su delito, pobre madre Perú? Presenciar un crimen, un asesinato. Y huir. Verse obligada a escapar, correr de un lado a otro, refugiarse en conventos hasta que los verdaderos culpables la olvidaran. Allí estaba todo explicado. Paso a paso, casilla a casilla. Sus penalidades, la huida, el acoso implacable de sus perseguidores... ¡Pobre madre Perú! Ahora que hablaba era cuando más necesitaba de mi ayuda... Pero yo iba a prevenirla, a avisarla. A decirle: «Estoy enterada». Y sobre todo: «No sólo te persiguen los asesinos. También la policía». Por eso esperé el momento en que las hermanas estuvieran ocupadas en sus tareas y ella recogida en la soledad de su celda. Llamé con los nudillos, suavemente, con miedo a asustarla, y, sin esperar respuesta, entré. Pero madre Perú, una vez más, había abusado del remedio.

La celda estaba en penumbra y al principio sólo distinguí una silueta, sentada en el taburete, inclinada sobre la mesa de roble, sujetándose la cabeza con las manos. Parecía que meditaba; que, atenta, muy atentamente, leía un libro, un misal; que admiraba una vez más el mate burilado cuyo secreto tan sólo ella y yo conocíamos. Pero mis ojos se acostumbraron pronto a la oscuridad y a punto estuve de salir, de volver sobre mis pasos. Porque madre Perú estaba, en efecto, sentada en el taburete, inclinada sobre la mesa. Pero tenía el cabello largo.

Y lo que observaba con tanta dedicación no era una calabaza, un misal, un libro, sino un cuadrado brillante, muy brillante. ¡El cabello largo! ¡Un objeto brillante! Madre Perú tenía una larga melena y se contemplaba ante un objeto brillante... Pero no fui lo suficientemente rápida. Ahora ella se había vuelto hacia mí, sorprendida, turbada, furiosa. De su boca surgía el tufillo a calabaza fermentada y sus ojos estaban enrojecidos. Pero eso no era importante, no tenía por qué serlo. Si no fuera porque hizo lo que hizo y dijo lo que nunca hubiera debido decir, yo habría terminado por olvidarlo. Mas las cosas sucedieron así y no de otra manera.

—Meticona —gruñó de pronto—. ¿Qué haces aquí?

Lo dijo con su voz ronca, con estas o con otras palabras, no lo recuerdo. Me hallaba paralizada en el umbral, sorprendida aún ante su melena, ante el brillo que emitía la mesa de roble. Un cuadrado muy pequeño en el mismo centro de la mesa de roble.

—Sí. Es un espejo, ¿qué pasa?

Pero dijo también:

—Y deja de mirarme con esa estúpida expresión de niña. Vieja, revieja. Eso es lo que eres. Una meticona vieja.

Apenas se tenía en pie. Pero mi confusión debió de encolerizarla todavía más. Me agarró del rosario con fuerza y me obligó a inclinar la cabeza sobre el espejo. «Mírate ya. Vieja revieja», gruñó aún. Y entonces, por segunda vez en mi vida, grité en silencio. Porque, aunque cerrase enseguida los ojos, aunque apretara los párpados para no ver, hubo una fracción de segundo, apenas un instante, en que el azogue me devolvió un rostro arrugado, sorprendido, aterrado. Y aunque todavía no puedo explicarme cómo ocurrió, sí sé que de inmediato lo reconocí. Allí estaba ella. Su rostro olvidado. Allí estaba —¡otra vez!— madre Pequeña.

«Debemos ser misericordiosos. Perdonar a nuestros semejantes.» Eso fue lo que dije. Al día siguiente. Al otro. Siempre que madre Perú se acercaba contrita y bajaba los ojos. Pero no tenía tiempo para atender excusas. Seguía escribiendo, contestando cartas. Cuando la abadesa daba por concluida su correspondencia, me dedicaba a limpiar el arca. Con lejía, con arena. Frotando fuerte. Al marino se le estaba desdibujando la boca, pero tal vez me gustaba más así. Porque si entornaba los ojos, parecía que el marino me sonreía, que aprobaba mi conducta, que no le importaba permanecer la mayor parte del día boca abajo, de cara a la pared, con tal de que yo prosiguiera con mi trabajo. Todos los cajones estaban vacíos y abiertos, incluso los secretos, los que en otros tiempos cobijaron recuerdos y que ahora no parecían sino celdas de un convento desierto, abandonado tal vez a causa de la peste, de una epidemia, de un mal desconocido, que yo desinfectaba, fregaba, oreaba, para que no quedase nada de sus antiguos moradores. Ni tan siquiera voces, murmullos. Y a menudo cantaba, tarareaba antiguas melodías que de pronto me venían a la cabeza. En silencio. Porque todo lo que hacía en aquellos días lo hacía en silencio. Días de mucho trabajo. Las cartas en el despacho, la limpieza del arca, el traje de novia... Una tela enmohecida, con olor a encierro, que se empeñaba en desgarrarse por los cuatro costados, que se retorcía al calor de la plancha, y con la que, ahora me daba cuenta, no se podía hacer nada de provecho más que engrosar la cesta de los trapos viejos. Y luego estaba la noche. Porque el trabajo más importante empezaba de noche. A puerta cerrada. En secreto.

—Madre Carolina, tengo que hablarle. Por favor, déjeme entrar.

Pero yo no quería escucharla. No deseaba olvidarme de su melena, del espejo, de todo lo que había ocurrido en la penumbra de su celda.

—Paciencia, madre Perú —le decía—. Paciencia.

No tuvo que esperar siquiera un mes. Al cabo de este tiempo vinieron a buscarla y entonces sí habló, claro que pudo hablar, Dios mío cómo habló. Contó que durante mucho tiempo había escrito la historia de su vida en un mate, año tras año, un mate que llevaba en su huida allí donde fuera. Porque los asesinos eran gente poderosa, sabían que había presenciado el crimen y juraron en su día que no pararían hasta dar con ella. Pero ahora pedía protección y confesaba que sus únicos delitos eran éstos: pequeñas mentiras, faltas sin importancia. No era monja, ni tampoco peruana. Cambiaba de nacionalidad a medida que se veía obligada a proseguir su huida. Para despistar a sus perseguidores. Y volvió a hablar del crimen (ya no recuerdo en qué país, en qué año), de bandas internacionales, de un montón de cosas que ninguna de nosotras entendió demasiado bien. Y de nuevo de su sufrimiento, de las amenazas, de su terrible periplo. Pero todo estaba grabado, escrito, a la espera quizá de un momento como éste. Sin embargo, la calabaza que ahora la abadesa hacía girar sobre la mesa del despacho, ante la curiosidad de las hermanas o la indiferencia de la policía, no corroboraba en nada su pretendida historia de penalidades y desdichas. Los dibujos eran grandes, un tanto toscos, pero, así y todo, se entendían muy bien. El crimen paso a paso. Y, casi al final, el rostro de una monja que no parecía triste, sino feliz, contenta. Una monja que... reía. Reía a carcajadas. Alzando una copa de la que surgía una nube. Tal vez esperanzadora, tal vez no. Porque la nube ocupaba, por lo menos, el espacio de cuatro casillas y la historia, de momento (¿y no era eso lo que ella quería?), terminaba en punta.

—¿Qué significa esto? —vociferó madre Perú.

No pude reparar en su expresión. Me había asomado a la ventana y contemplaba el huerto. Pero era imposible desoír sus gritos. «¡Echen esta chapuza a la basura! ¡Busquen mi mate! ¡Registren el convento! ¡No me iré de aquí sin mi mate!» Porque de pronto parecía como si madre Perú se hubiera olvidado del crimen, de la defensa vehemente de su inocencia, de la gravedad de la situación, y centrara, en cambio, toda su ira en salvaguardar un prestigio, una habilidad, un arte. Ahora negaba con su voz ronca cualquier relación con aquellos dibujos a los que llamaba «ridículos», «simplones», «zafios». Y, sin dejar de chillar, exigía la devolución de su obra —«mi obra maestra», decía—, un auténtico mate burilado, la historia en la que había trabajado durante años y años, la calabaza que le acompañaba en su huida allí donde fuera.

—¡Miren en el arca! —Y su voz sonó más ronca y desgarrada que nunca—. ¡Seguro que está en el arca!

Y aunque los policías no demostraron el menor interés por ver más calabazas, estudiar monigotes, o perder, en fin, como dijeron, más tiempo aún del que llevaban tras sus pasos, yo cerré lentamente la ventana y me ofrecí gustosa a mostrarles el mundo. Acaricié la tapa abovedada, di la vuelta a la llave muy despacio, y abrí. Pero allí no había nada. Ni en el fondo, ni en las esquinas, ni en los cajones secretos que iba desvelando uno a uno. Sólo olor a lejía, olor a limpio. Un aroma refrescante que se extendía ahora por el vestíbulo, los pasillos, subía las escaleras y se colaba por cerraduras y rendijas. Y que permanecería allí un largo rato, hasta horas después de que la verja herrumbrosa dijera *adioooos*, y todas nos recogiéramos en silencio.

De nuevo los días empezaron a parecerse unos a otros, a copiarse entre sí, a repetirse implacablemente. Los quehaceres eran asignados por turno, por orden, o porque así yo lo disponía. Había una monja al cuidado del huerto, otra de la cocina, otra del torno que seguía sin girar, pero que había dejado de preocuparnos. Porque no desayunábamos leche aguada, ni pan reseco. Sino bollos, mermelada, chocolate deshecho. Y yo, desde la mesa del despacho, firmaba los papeles que me hacía llegar el abogado y, aunque no era mucho dinero —no tanto, al menos, como él había dado a entender—, en algo sí, aquel buen hombre, tenía razón. No vivíamos con tantas privaciones y sacrificios. Quizá por eso madre Angélica se abandonó en la comodidad, se desentendió de sus obligaciones, me fue pasando, poco a poco, todas sus prerrogativas y poderes. Porque ella (que apenas veía ya, que casi no podía andar) se pasaba los días recluida en su celda, mientras yo escribía, contestaba cartas, atendía los asuntos del convento. Y por las noches yo le daba el parte de lo que había ocurrido. Las visitas de la señora Font, de la señora Ardevol (de sus hijas o nietas a las que seguíamos llamando señora Font, señora Ardevol), lo que nos contaban a través de la celosía, los cambios que seguían sucediéndose en lo que ellas llamaban mundo... Y aunque madre Angélica solía dormitar mientras le hablaba (o asentir ligeramente o cabecear disgustada, como si nada de lo que le contara pudiera despertar su interés), seguía siendo, a efectos oficiales, la abadesa. Y ésa era la forma de recabar su consentimiento, su aprobación, la conformidad a todo cuanto yo hiciera. Por eso la mañana en que encontramos un inesperado visitante en el huerto —un gatito negro de apenas unos días, quién sabe si perdido o abandonado como en otros tiempos— lo alimenté en la cocina, le dije: «Te quedarás aquí, con nosotras», y después, al caer la noche, como siempre, subí a su celda.

—¿Quién es? —dijo con voz soñolienta, incorporándose y calándose unas gafas que ya apenas le servían—. ¿Qué quiere?

—Vivirá aquí —me apresuré a informarle—. En el arca. Le sacaremos la tapa del marino para que no se asfixie.

—Ah —dijo—. El marino...

Y me pareció que revivía el momento en que por primera vez contempló la tapa abovedada del mundo. El marino mirando hacia el frente, con el sol a su izquierda, la tormenta a la derecha. El cuadro que llevaba a otro cuadro. Y éste a otro, y a otro, y a otro... Y ahora, mientras se recostaba sobre la almohada con los ojos entornados, adiviné que se había quedado detenida en el punto minúsculo. El último eslabón visible de la larga cadena de

69

veleros, tormentas, soles, marinos sujetando cuadros... O quizá no. Quizás había logrado introducirse a través del agujero y veía mucho más allá de todo lo que pudiera contarnos el mundo.
—Madre Angélica... —murmuré.
Pero ella había despertado ya y, de nuevo incorporada, se quitaba aquellas gafas que no servían y, pestañeando, se ponía a escudriñar al gato.
—Tienes los ojos rojos y eres feo —dijo—. Feo y negro como un demonio.
Y enseguida, sonriendo, recuperando la alegría perdida, le acarició y le dio un nombre.
—Nylon —dijo muy lentamente—. Yo sé que te llamas Nylon.

A menudo, al despertarme, pienso en eso. En las últimas palabras de madre Angélica, en sus ojos sin luz, en un montón de historias que se arremolinan en mi cabeza, entremezclan, confunden y a ratos, incluso, olvido. Pero no tengo más que esperar a la noche para intentar poner en orden los recuerdos. Cuando como ahora recorro el convento silencioso, con un grueso manojo de llaves en la cintura, sujetando el rosario para no hacer ruido, rozando con los dedos paredes y puertas. El vestíbulo, la cocina, mi despacho. El claustro, la sala de labores, el oratorio. Los recintos de las hermanas que ya duermen, meditan, rezan, o quizá revivan su primera noche contemplando azoteas desde un ventanuco. Y me desprendo de la memoria paso a paso; archivándola, dejándola en seguro; recontando pomos y manijas; admirándome de que las celdas de un convento no sean más que cajones secretos de un gran mundo. Porque tiempo tendré para rescatar lo que allí ocurre, lo que voy encerrando poco a poco. Cuando las cartas que escribo encuentren respuesta y las que contesto se materialicen al fin en una llamada tímida, el sonido de la campanilla tras el que reconoceré enseguida a una nueva postulante, a una novicia... Y entonces acariciando a Nylon —cada día más gordo, más perezoso— sí podré narrar los desvelos de la monja santa, el arrepentimiento de madre Pequeña, la azarosa vida de una prófuga que se hacía llamar madre Perú, la llegada al convento de una niña con un traje de boda... Historias y más historias. Leyendas.

—Toma y sal al huerto. Allí verás tu rostro por última vez. El rostro que te va a acompañar hasta el final de tus días.

Y ellas atravesarán el claustro umbrío, contestarán a las jaculatorias de las hermanas, saldrán al huerto y se sentarán a la sombra de un limonero, de un naranjo, en el lugar tal vez que en otros tiempos crecieron calabazas. Y se contemplarán en el espejo de mango de plata. El espejo de cuento. Y yo desde mi despacho las observaré en silencio. Sabiendo que aquél es el momento más importante de sus vidas, que nada debe perturbarlas, distraerlas. Ni siquiera el rumor de las hojas, el silbido del viento, la voz que a veces parece surgir de las adelfas, precisamente allí, junto al banco en el que ahora se han sentado, cerca de donde, hace ya mucho, alguien —dice la leyenda— enterró las cenizas de un mate burilado. Pero no debemos engañarnos. La adelfa es una planta venenosa, y nada tiene de raro que el murmullo que a ratos creo apreciar también lo sea. «Meticona, vieja, revieja. No eres más que una vieja...»

La mujer de verde

—Lo siento —dice la chica—. Se ha confundido usted.

La he escuchado sin pestañear, asintiendo con la cabeza, como si la cosa más natural del mundo fuera ésta: confundirse. Porque no cabe ya otra explicación. Me he equivocado. Y por un momento repaso mentalmente la lista de pequeñas confusiones que haya podido cometer en mi vida sin encontrar ninguna que se le parezca. Pero no debo culparme. Me encuentro cansada, agobiada de trabajo y, para colmo, sin poder dormir. Esta misma mañana a punto he estado de telefonear a mi casero. ¿Cómo ha podido alquilar el piso de arriba a una familia tan ruidosa? Pero lo que importa ahora no son los vecinos ni tampoco el casero ni mi cansancio, sino el extraño espejismo que, por lo visto, he debido de sufrir hace apenas media hora. Una mezcla de turbación y certeza que me ha llevado a abandonar precipitadamente una zapatería, y correr por la calle tras una mujer a la que me he empeñado en llamar Dina. Y la mujer, sin prestarme atención, ha seguido indiferente su camino. Porque no era

Dina. O por lo menos eso es lo que me está afirmando la verdadera Dina Dachs, sentada frente a su ordenada mesa de trabajo, con la misma sonrisa inocente con la que, hace apenas una semana, acogió la noticia de su incorporación a la empresa. «No», me dice. «No me he movido de aquí desde las nueve.» Y después, meneando comprensivamente la cabeza: «Lo siento. Se ha confundido usted».

Sí. Ahora comprendo que a la fuerza se trata de un error. Porque, aunque el parecido me siga resultando asombroso, la chica que tengo delante no es más que una muchacha educada, cortés, una secretaria eficiente. Y la mujer, la desconocida tras la que acabo de correr en la calle, mostraba en su rostro las huellas de toda una vida, el sufrimiento, una mirada enigmática y fría que ni siquiera alteró una sola vez, a pesar de mis llamadas, de los empujones de la gente, del bullicio de una avenida comercial en vísperas de fiestas. Y fue seguramente eso lo que me llamó la atención, lo que me había llevado a pensar que aquella mujer —Dina, creía— sufría un trastorno, una ausencia, una momentánea pérdida de identidad. Pero ahora sé que mi error es tan sólo un error a medias. Porque la desconocida, fuera quien fuera, necesitaba ayuda. Y vuelvo a mirar a Dina, su jersey de angora y el abrigo de paño colgado del perchero, y de nuevo recuerdo a la mujer. Vestida con un traje de seda verde en pleno mes de diciembre. Un traje de fiesta, escotado, liviano... Y un collar violeta. Indiferente al frío, al tráfico, a la gente. No digo nada más. La evidencia de que he confundido a aquella chica con una demente me hace sonreír. Y me encierro en mi despacho, dejo las compras sobre una silla y empiezo a revisar la correspondencia. Será un mes agotador, sólo un mes. Y luego Roma, Roma y Eduardo. Me siento feliz. Tengo todos los motivos del mundo para sentirme feliz.

Ninguno de los dos pares de zapatos se ajusta a mis medidas. Unos me quedan demasiado estrechos, me oprimen. Para soportarlos debo contraer los dedos en forma de piña. Con los otros me ocurre justamente lo contrario. Mis pies se encogen también en forma de piña, pero la finalidad es muy distinta. Hacerme con el timón de esas barcas que se resisten a ser conducidas, que se rebelan, escapan... Es ya muy tarde para pasar por casa, con lo cual, me digo, no tendré más remedio que escoger entre dos sufrimientos. Opto por el segundo, pero no lo hago a la ligera. Dentro de media hora debo asistir a una cena de trabajo. Por eso he venido ya arreglada a la oficina y por eso también me he detenido antes en una zapatería. Una compra absurda, apresurada. Mañana devolveré los que me quedan estrechos. Porque ahora me doy cuenta de que no siento el menor apetito y dentro de media hora me veré obligada a comer. Conozco este martirio desde que me he convertido en una ejecutiva respetada. Un suplicio que no tiene nada que ver con su contrario —morirse de hambre y no poder saciarla— y del que suelo avergonzarme a menudo. Me decido, pues, por los zapatos deslizantes como góndolas (no podría explicarlo: me parecen más adecuados a lo que me espera) y aparezco así en el restaurante, a la hora en punto, arrastrando los pies y sin una pizca de apetito. La lectura del menú me produce náuseas. Es una sensación grosera, ridícula. Como groseros me parecen los diez comensales, hablando con un deje de complicidad de sus secretarias, con cierta respetuosa admiración de sus esposas, o ridículos los zapatos que hace rato he abandonado sobre la moqueta. Sólo espero que la cena acabe de una vez, que en algún momento de la noche se hable de Eduardo, de la última ocasión en que vieron a Eduardo, de lo bien que le van las cosas a Eduardo. Por fortuna no tardan en hacerlo. Me preguntan por la sucursal que la empresa acaba de abrir en Roma y yo, aunque al referirme a Eduardo diga «el jefe», siento un ligero alivio al poder pensar en él, pensar en voz alta, a pesar de que lo que digo no tenga, en realidad, nada que ver con lo que imagino. Pero ellos no pueden saberlo. Nadie, ni siquiera en la oficina, puede sospechar remotamente mi relación con Eduardo. Ni en la oficina ni, menos aún, en su casa, y a ratos me gusta decidir que tampoco el propio Eduardo tiene demasiado claras nuestras relaciones. No me importa lo que, de saberlo, pudiera decir su esposa, pero sí, y ésta es mi mejor arma, lo que pueda pensar Eduardo. Y Eduardo no piensa. No piensa en mí como en una amante, a pesar de que ésa es la palabra que mejor definiría nuestra situación, y no me conviene que piense en mí como en una amante. A Eduardo las palabras le dan miedo. Las palabras y su mujer. Por eso, por una vez en la vida, se ha atrevido a engañarla, sin tener tan siquiera que llegar a decirse: «La engaño». Para los comensales no soy más que la antigua compañera de estudios del jefe, su brazo derecho. Para su mujer también. Y así quiero que sigan creyéndolo. Además, tengo el papel bien aprendido. Cuando me preguntan quién se hará cargo de la oficina en Roma, me encojo de hombros. Eduardo está allí, seleccionando personal... Eduardo supervisará el trabajo durante el primer año, irá y volverá. Después, cuando encuentre a la persona adecuada, lo dejará en sus manos. Un italiano seguramente... Y pienso en un apartamento en el Trastevere. En una vida libre, sin horarios, sin familia, con su mujer a miles de kilómetros. Alguien me dice que me encuentra desganada, que apenas pruebo bocado, que «la mujer que no disfruta en la mesa...», y yo aprovecho para recordar de pronto una llamada importante. Una llamada de negocios, naturalmente. Busco con los pies los zapatos olvidados, aprieto los dedos como una piña y abandono la mesa. Pero no me dirijo al teléfono sino al baño. Me mojo la cara, me seco con una toalla de papel, y entonces, cuando me dispongo a retocar el maquillaje, la veo otra vez. Cierto. Durante la cena apenas he comido y, en cambio, he bebido en abundancia. Pero, por un momento, unos segundos, ella ha estado allí. La he visto con toda nitidez. Su vestido verde, el collar violeta, la mirada fría y enigmática. No sé si ha abierto la puerta y, al verme, ha salido enseguida. No sé si estaba allí cuando yo he entrado. Todo ha sucedido con extrema rapidez. Yo secándome la cara con la toalla de papel, jugando mecánicamente con las posibilidades de un espejo de tres caras, comprobando mi peinado, mi perfil, y ella, una sombra verde, pasando como una exhalación por el espejo. Rectifico la posición de las lunas, las abro, las cierro y, atónita aún, logro aprisionarla por unos segundos. La mujer está allí. Detrás de mí, junto a mí, no lo sé muy bien. Me vuelvo enseguida, pero sólo acierto a sorprender el vaivén de la puerta. «Se ha escapado al verme», pienso. Y no puedo hacer otra cosa que recordar sus ojos. Una mirada fría, enigmática. Pero también, ahora me doy cuenta, una mirada de odio.

Dina Dachs es una chica como tantas otras. Me lo digo por la mañana, lo repito por la tarde. Por la noche me llevo a casa el fichero con los datos de las nuevas empleadas. Cinco en total. Todas con un currículum semejante, la misma edad, idénticas expectativas de promoción en la empresa. Con una ligera ventaja a favor de Dina. Tres idiomas a la perfección, excelentes referencias, una notable habilidad a la hora de rellenar el cuestionario de la casa. Por eso fue la primera aspirante que seleccioné. Por eso, me explico asimismo ahora, recordaba tan bien su nombre el día en que corrí por la calle tras la mujer de verde. Aunque Dina Dachs es un nombre difícil de olvidar, tal vez porque no parece un auténtico nombre. Pienso en un pseudónimo, en un nombre artístico, en DINA DACHS anunciado en grandes caracteres en un teatro de variedades, en *vedettes* de revista... No sé ya en lo que pienso. El perpetuo trajín de los inquilinos de arriba me impide ordenar ideas. Mañana protestaré, hablaré con el casero o me mudaré de piso. Mañana, también, interrogaré sutilmente a Dina.

Llevo todo el día observándola, escrutándola, controlando sus llamadas telefónicas, sin que hasta ahora haya aparecido nada especial, nada que me incite a sospechar una doble vida, a explicar sus extrañas apariciones en la calle primero, en el restaurante después. Dina me dice que no sale por las noches. Lo dice muy tranquila, sin saber que en mi pregunta se encierra una trampa. No le importa permanecer en el despacho, hacer horas extras, poner al día el trabajo. En la ciudad no conoce a casi nadie. No tiene hermanos ni hermanas, ni siquiera padres. ¿No tiene hermanas? No, no tiene. Luego le pido que haga una reserva para esta noche en cierto restaurante del que, curiosamente, he olvidado el nombre. Le indico la calle, la situación exacta, el dato revelador de que las paredes están totalmente tapizadas de moqueta y los lavabos disponen de espejos de tres hojas. Dina no suele cenar en restaurantes pero, se le ocurre de pronto, puede consultar con alguna compañera. La dejo hacer y, discretamente, escucho tras la puerta. No parece que esté fingiendo. Después le dicto una carta, dos, tres. Son cartas improvisadas que nadie va a recibir y cuyo único objeto es estudiar a Dina, acorralarla, pescarla en una duda, un traspié. La chica se da cuenta de que lo que le estoy dictando es completamente absurdo. Se da cuenta también de que no dejo de observarla. En un momento, azorada, se baja instintivamente la falda y descruza la pierna. Con la excusa de que la habitación está llena de humo, abro la ventana. Hace frío afuera, un frío casi tan cortante como el silencio que acaba de establecerse entre Dina y yo. La situación se me hace embarazosa. Voy a volverme, decirle que se retire, que ya está bien por hoy, que se marche a su casa. Pero no logro pronunciar palabra. Por primera vez en mi vida he sentido el vértigo de un quinto piso. Porque *ella* está allí. Aunque no dé crédito a mis ojos, la mujer está allí, en la esquina de enfrente. Veo el traje verde, la mancha violeta, su figura indecisa destacándose entre el bullicio de la calle. Pa-

rece una mendiga. El tirante del vestido cae sobre uno de sus hombros. Está despeinada, encogida, se diría que de un momento a otro va a morirse de frío. Y tiene el brazo alzado, inmóvil. Su actitud, sin embargo, no es la de alguien que pida limosna. Salvo que esté loca. O ebria. O que la mano no apunte hacia nadie más que hacia mí. Aquí, en el quinto piso, asomada a la ventana de mi despacho.
—¿Algo más? —dice una voz cansada a mis espaldas.
Ruego a Dina que se acerque. Le hago sitio junto a la ventana e indico con el brazo el lugar exacto adonde debe mirar. «La mendiga», le digo. «Aquella mendiga.» Un autobús se detiene justo enfrente de la mujer de verde. Aguardo a que se ponga de nuevo en marcha. Su figura aparece con intermitencias tras los coches. «Fíjese bien. Allí, está allí. No, ya no. Espere...» Sin darme cuenta la he cogido por el hombro. Ella, contrariada, se aparta de la ventana.
—No veo absolutamente nada —dice.
Está molesta, irritada. Al salir hace lo que ninguna otra secretaria se hubiera atrevido a hacer. Cierra enérgicamente. Casi de un portazo.

No puedo hablar con nadie de lo que me preocupa. Eduardo sigue en Roma, con su mujer. Sé que se trata de un premio de consolación, de un acto sin consecuencias, una estratagema ingenua para asumir inminentes proyectos sin mala conciencia. Pero sé también que no debo llamarle. Su mujer estará con él. En el hotel, en la oficina, en todas partes. Tampoco puedo confiarme a cualquiera porque ignoro del todo los términos en los que podría confiarme a cualquiera. Por un momento pienso en Cesca, la empleada más antigua de la empresa. Cesca me quiere y me respeta. Pero a Cesca le gusta curiosear, meter las narices en los asuntos de los otros, comentar, charlar... Aunque, si mañana vuelve a aparecer la mujer de verde, ¿qué puede tener de alarmante que llame a Cesca y le haga un lugar en la ventana? «Mire a esa mujer. Hace días que ronda por aquí. Parece como si le ocurriera algo extraño.» Y que ella, Cesca, calándose las gafas, me asegure que se trata tan sólo de una mendiga, una de tantas pordioseras que llenan las calles por estas fechas, tal vez una loca, una borracha, una prostituta. Las tres cosas a un tiempo... Y que luego, aguzando la mirada, Cesca reconozca que le recuerda a alguien. No puede precisar quién, pero le recuerda a alguien... O que llame al conserje. Y que el conserje salga a la calle para cerciorarse. O quizá no haga falta. «Es una perturbada», puede decirme. «Una perturbada o una farsante. Siempre aparece por el barrio en navidades. La gente le da dinero porque le tiene miedo.» Pero yo no he visto a nadie que se detenga junto a ella y le dé dinero. La verdad es que, desde la altura del quinto piso, no he visto nada más que su presencia verde y un brazo alzado hacia mí, pidiéndome algo, avisándome de algo. Y también he visto a Dina. A mi lado, apoyada en el alféizar de la ventana mientras yo señalaba en dirección a la pordiosera. Me lo repito varias veces. La pordiosera abajo, en la calle; Dina a mi lado. Un dato tranquilizador que debería bastarme para hablar de puro azar, de coincidencia, de un parecido acusado. De la imposibilidad de que la misma mujer se encuentre en dos lugares a un tiempo. Pero está también su mirada. Apartando mi brazo de su hombro, enrojeciendo de fastidio, cerrando enérgicamente la puerta. Todo es cuestión de grados, pienso. Porque a la mirada de irritación de Dina Dachs le falta muy poco para convertirse en la de la mujer de verde. Una mirada fría, enigmática. Una mirada de odio.

Pero no puedo culparla. En los últimos días no hago más que llenarla de trabajo, darle órdenes y contraórdenes, convocarla a mi despacho o irrumpir en el suyo y cerciorarme de que sigue allí, parapetada tras una montaña de papeles, luchando con cuentas, documentos, informes. Me tranquiliza saberla ocupada, comprobar que tardará aún mucho en terminar con sus tareas del día, que posiblemente será la última en abandonar por la noche la oficina. Y yo, mientras, pienso en la mujer de verde. Espero la aparición de la mujer de verde, asomada a la ventana, con el teléfono en la mano, dispuesta a llamar a Cesca o al conserje. Pero no a Dina. Dina no es una chica como las otras. En tantas horas de observación he podido darme cuenta. Dina tiene orgullo, dignidad, y sólo Dios sabe hasta cuándo va a permitir el acoso al que la someto sin plantarme cara. Sé que estoy empezando a disgustarla seriamente y sé ahora también que Dina es mucho más agraciada de lo que me había parecido al principio. Una de esas mujeres discretas, serenas, que ganan con el trato, con las horas, con los días. Confino pues a Dina en su despacho y espero. Con los ojos pegados al cristal de la ventana, espero.

Ni al día siguiente ni al otro se produce la ansiada aparición. Todo el trabajo del que no puedo hacerme cargo se lo confío a Dina. Desde la ventana oigo el frenético tecleo del cuarto contiguo, pero ya no pienso en ella ni me preocupa lo que pueda opinar de mi comportamiento. Todos mis sentidos están pendientes de la posible aparición de la mujer de verde. Tal vez, me digo, esa pobre amnésica ha recuperado la memoria. O se ha muerto de frío. O las patrullas urbanas han terminado por recogerla. Me siento en la butaca y me dispongo a llamar a Cesca. «No me encuentro bien», voy a decirle. «Hágase cargo de todo hasta mañana.» Pero no llego a marcar el número. De pronto he sentido frío. Un frío húmedo y penetrante a mis espaldas que me hace reaccionar, darme cuenta de que realmente me siento enferma y que en el mes de diciembre es una auténtica locura mantener la ventana abierta. Una ráfaga de viento pone en danza el montón de papeles a los que hace días no presto la menor atención y que tampoco me van a desviar ahora de mi cometido. Me vuelvo apresuradamente, aunque sospecho ya que aquel frío repentino poco tiene que ver con las inclemencias de la estación o con el estado de mis nervios. Allí abajo está la mujer. En la esquina de enfrente. Parece resuelta, decidida, dispuesta a cruzar la calle en dirección hacia donde me encuentro. Sortea los coches como por milagro. Con el brazo alzado, siempre hacia mí. El deterioro es patético. Los restos del traje verde dejan su pecho al descubierto y, repentinamente, su forma de andar se convierte en tambaleante, insegura, grotesca. ¿Qué es lo que me pudo conducir a pensar que ese fantoche se parecía a Dina? Intento fijarme mejor, me inclino aún más sobre el alféizar, distingo una mancha verde en uno de los pies, sólo en uno, y enseguida comprendo su ocasional cojera. El otro zapato ha quedado olvidado en el bordillo de la acera. Pero nadie lo recoge, nadie lo aparta de un puntapié, nadie tropieza, nadie, en fin, se compadece de esa pobre desgraciada y la conduce a un asilo. La vida en las ciudades es inhumana, cruel, despiadada... Aterida de frío cierro la ventana y marco el número de Cesca. «Estoy muy cansada. Hágase cargo de todo hasta mañana, por favor.» Y me voy a casa, acudo a un somnífero y, por una vez, ni los vecinos del piso de arriba pueden impedir mi sueño.

87

Todos los veintitrés de diciembre el mismo rito. «Me siento muy cansada, Cesca. Mañana no apareceré por la oficina.» Y cada veinticuatro las mismas correrías, la misma búsqueda, el mismo deambular por comercios y grandes almacenes con la lista completa de los empleados en la mano. Es una costumbre de la empresa. Una ceremonia infantil cuyo primer eslabón está en Cesca, en su fingida alarma ante mi supuesto malestar, en el guiño de ojos que adivino desde el otro lado del teléfono, en el «¿Qué será esta vez?» que voy detectando en todo aquel con quien me cruzo en cuanto abandono el despacho, me pongo el abrigo y dejo que el conserje me abra la puerta. El día veintisiete, en su mesa, encontrarán un regalo. Un detalle personal, un acierto inesperado tras el que se encuentran mis buenos oficios, pero que todos sin excepción agradecerán a Eduardo, como si supieran que en este juego de niños el más ilusionado es siempre él, aunque se encuentre, como ahora, a miles de kilómetros o ignore, como de costumbre, cuáles son sus gustos, sus necesidades, sus aficiones. Recuerdo las gafas de Cesca, eternamente esquivas, dispuestas a esconderse en cualquier rincón, a desplazarse a los lugares más inverosímiles, y le compro una cadena de plata. Le siguen el portero, el conserje, la mujer de la limpieza, el chico de los recados, el jefe de personal, las nuevas administrativas... De pronto me doy cuenta de que apenas si sé algo de ellas, pendiente como he estado de tan sólo una de ellas. Y pienso en Dina. Me pregunto si tal vez merecería un regalo mejor. Un detalle añadido para hacerme perdonar mis abusos, el acoso al que la he tenido sometida, el trato apremiante, injusto. Aunque ¿no conseguiría con esto confundirla todavía más? Decido que las funciones de las cinco chicas en la oficina son muy parecidas y todas van a recibir un obsequio similar. Entro en perfumerías, almacenes, tiendas de discos. En el bolso llevo las tarjetas con la firma de Eduardo y los nombres de los empleados. Es mejor colocarlas ya ahora, a medida que voy comprando, para que no haya lugar a confusión alguna y dentro de dos días todos puedan admirarse, sorprenderse, agradecer la atención a Eduardo como si fuera la primera vez. Como cada año.

El frío de esta tarde de diciembre es intenso pero a mí siempre me ha gustado el frío de las tardes de diciembre. A pesar de la fecha, a pesar de la luminosidad de los comercios, de los cantos navideños o de la profusión de los árboles adornados, no hay demasiada gente en las calles. Puedo así pasear, contemplar los escaparates con cierta tranquilidad, con el mismo ánimo sereno con el que me he levantado esta mañana. Píldoras para dormir. Ahí estaba el remedio. Un sueño artificial que me ha repuesto de tantos días de agitación y cansancio. Ahora empiezo a ver las cosas de otra manera.

Eduardo se excedió al dejarme por tres semanas al mando de la oficina. No estoy capacitada ni poseo el temple necesario. Mis nervios estaban destrozados, quién sabe qué desatinos hubiese podido cometer. Pero ahora estoy contenta. Por primera vez en tantos días me siento alegre y me sorprendo coreando un villancico que escupe un altavoz cualquiera de un comercio cualquiera. Debo de parecer loca. Me pongo a reír. Y entonces, con la recurrencia de una pesadilla, la veo otra vez.

No tengo miedo ya ni me siento cansada. Tan sólo harta, completamente harta. Voy a seguirla, a mirarla de cerca, a convencerme de que no es más que una desarrapada, a preguntarle si necesita ayuda. Ella abandona ahora la avenida luminosa y se interna por un pasaje oscuro. Casi la alcanzo de una corrida, luego me detengo, guardo prudentemente las distancias y observo sus pasos. Camina descalza, deslizándose como un gato por el empedrado. Su cabello parece una maraña de grillos. Su vestido está hecho jirones. Ya no la llamo por su nombre porque ignoro cuál es su nombre. De repente se detiene en seco, como si me aguardara. A pesar de la oscuridad caigo en la cuenta de que no estamos en un pasaje como había creído, sino en un callejón sin salida. Pero es demasiado tarde para retroceder. La inercia de mi carrera me ha hecho rozar su espalda. «Oiga», le digo. «Un momento, por favor. Escuche.» Y entonces, mientras me descubro perpleja con un trozo de seda verde en la mano, un tejido apolillado que se pulveriza al contacto con mis dedos, ella se vuelve y sonríe. Pero no es una sonrisa, sino una mueca. Un rictus terrible. Y sobre todo un aliento. Una fetidez que me envuelve, me marea, me nubla los sentidos. Cuando recupero el conocimiento estoy sola, apoyada contra un muro, con los paquetes de las compras desparramados por el suelo. No me sorprende que estén todavía allí. Los recojo uno a uno. Con cuidado, casi con cariño. Ahora ya sé quién es esa mujer. Y vuelvo a pensar en Dina. Pobre Dina Dachs. Encerrada en su despacho, regresando a su piso, paseando por la calle. Porque Dina, se encuentre donde se encuentre en estos momentos, ignora todavía que está muerta desde hace mucho tiempo.

O tal vez pueda aún impedirlo. Me olvido de los dictados de la razón, esa razón que se ha revelado inútil y escucho por primera vez en mi vida una voz que surge de algún lugar de mí misma. Dina, aunque tal vez no haya muerto aún, está muerta. La mujer de verde es Dina muerta. He asistido a su proceso de descomposición, a sus apariciones imposibles en calles concurridas, en lunas de espejos, en callejones sin salida. Pienso en espejismos de una playa cálida. Acaso no haya ocurrido aún, pero va a ocurrir. Y a mí, por inexpugnables designios del destino, me ha correspondido ser testigo de tan extrañas secuencias. No me parece aventurado concluir que sólo yo puedo hacer algo. Y no me siento asustada. Es extraño, pero no me siento asustada, sino resuelta. Hago pues lo que suelo hacer cada veinticuatro de diciembre. Dejar los regalos para el personal en la garita del portero, comprobar que no se ha desprendido ninguna tarjeta, recordarle la disposición exacta para dentro de dos días. El portero, como siempre, me indica que no me preocupe, se despide de mí, hace como si no supiera que uno de los paquetes le está destinado, cierra la garita y se marcha a su casa. Pero yo no me he ido. Es cierto que he salido a la calle y he avanzado unos pasos. Pero en el quinto piso del edificio hay luz y yo sé quién está allí, tecleando en la máquina, ordenando ficheros, cumpliendo con esas horas extraordinarias a las que le han obligado mi ignorancia y mi confusión. Abro con mi llave y llamo al ascensor. Al llegar al quinto rellano dudo un instante. Pero no toco el timbre. Todas las luces están apagadas salvo las de un despacho. He entrado con sigilo, con cautela, porque por nada del mundo desearía asustarla. Por eso golpeo con los nudillos y espero.

—¿Usted? —pregunta Dina. Pero en realidad está pensando: «Usted. Usted otra vez».

Dina lleva puesto el abrigo y sobre su mesa aparecen montañas de papeles, de cartas, de fichas, de carpetas. «Iba a irme ya», añade. Abre el bolso, introduce un par de cartas, lo cierra con energía y después, como yo sigo inmóvil junto a la puerta: «Le recuerdo que hoy es Nochebuena».

Hago acopio de todas mis fuerzas y le suplico que aguarde un instante. Que se siente. Que me conceda unos minutos para lo que tengo que decirle. Dina me obedece de mala gana. Con un suspiro de fastidio, de cansancio, de asco. Sus dedos repiquetean sobre el tablero de la mesa.

—Dentro de un cuarto de hora me esperan al otro lado de la ciudad. Le ruego que sea breve.

No me molesta su altanería. Nada de lo que haga o diga la pobre Dina puede contrariarme ya. Sin embargo no encuentro las palabras. ¿Cómo explicarle que no vale la pena que se apresure? ¿Cómo hacerle entender que el tiempo, a veces, no se rige por los cómputos habituales? Quizá todo sea un engaño. Vemos las cosas como nos han enseñado a verlas. Su mesa de trabajo, por ejemplo... ¿Podemos estar seguros de que es una mesa, con cuatro patas y un tablero? ¿Quién podría afirmar que dentro de un cuarto de hora estará ella al otro lado de la ciudad? ¿Qué son quince minutos sino una convención? Una forma de medir, encasillar, sujetar o dominar lo que se nos escapa, lo que no comprendemos. Un ardid para tranquilizarnos, para no formularnos demasiadas preguntas...

—Le agradecería —interrumpe con visible fastidio— que intente ser más concreta, por favor.

Pero no puedo. Le digo que acabo de verla en la calle. «¿Otra vez?» Ahora me dirige una media

sonrisa burlona. «¿No será que está usted realmente obsesionada?» De un momento a otro estallará, me obligará a abandonar su despacho, amenazará con llamar a la policía. Por eso debo darme prisa. Sí, la he visto. Hoy y también ayer, y el otro día en el restaurante, y la primera vez en una calle populosa. Al principio pensé que tenía algo contra mí, que me perseguía, que me buscaba... Después, que no era ella, sino alguien que se le parecía de forma asombrosa...
—¿Y al final?
Dina me mira al borde de su paciencia. Insisto en que aguarde unos segundos más. Me saco un guante. Me lo vuelvo a poner. De nuevo las palabras fallan. No sé cómo avisarla. No sé cómo decirle que el proceso es irreversible. Que hace apenas una hora, en el callejón, he visto la mueca de la muerte en su boca sin labios, en su fetidez, en su carne descompuesta. Sólo acierto a balbucear:
—Tenga mucho cuidado, por favor. A lo mejor aún podemos evitarlo. O retrasarlo... Retrasarlo al máximo.
Dina acaba de ponerse en pie.
—Lo siento. Todo lo que me está contando es muy interesante. Pero ahora debo irme. Tal vez no tenga usted planes para esta noche, pero yo sí.
Dina me detesta. Me aborrece o me toma por loca. No puedo hacer nada más que dejar que las cosas sigan su curso. Me levanto también, convencida de la inutilidad de cualquier explicación, de

cualquier advertencia. Me siento pequeña, insignificante y al tiempo pretenciosa, soberbia. He querido cambiar las páginas del destino, pero el destino de esta pobre chica está trazado.

—¿Por qué me mira así, si puede saberse?

Dina está indignada, erguida frente a mí, con el bolso colgado al hombro y las llaves de la oficina tintineando en una de sus manos. Tal vez me haya equivocado. Pero al colgarse el bolso con gesto enérgico el abrigo de paño se ha entreabierto unos segundos y he visto lo que por nada del mundo hubiera deseado ver.

—Lleva usted un traje verde. Un traje verde de seda.

Los ojos de Dina Dachs lanzan llamas.

—Le advierto que su posición en la casa no le da derecho a...

Ya no sé lo que dice. Hay algo en su voz, en su tono, que no admite réplica.

—Deje ya de observarme, de seguirme a todas horas, de mortificarme con su presencia... No se crea que no me he dado cuenta.

Ahora habla atropellada, compulsivamente.

—Si pretende algo de mí no va a conseguirlo, y si se interesa por mi vestuario, aquí lo tiene. Un traje de seda verde. Recién comprado. Espero que lo apruebe.

Dina se ha quitado enérgicamente el abrigo. Ahora es la misma mujer con la que me encuentro continuamente en los últimos días. Sólo le falta un detalle: un pequeño accesorio que debe de tener guardado en algún lugar. La imagino en el ascensor colocándose el collar ante el espejo. En el taxi. En el baño de la oficina.

—El bolso —le digo—. Déjeme ver su bolso. Ahora, por primera vez, parece asustada. Intento lo imposible. Convencerla de que no debe salir vestida así a la calle. Que todo lo que estoy haciendo es por su bien. Pero las palabras no sirven, ahora, más que nunca, sé que no sirven. Ignoro si enloquezco u obedezco la voz del destino. Porque la zarandeo. Y ella se resiste. Aferrada a su bolso se resiste e intenta hacerse con un cortaplumas. Está asustada, no atiende a razones. Por eso yo, firmemente decidida, no tengo más remedio que inmovilizarla, revelarle la terrible verdad, decirle gimiendo: «Está usted muerta. ¿No lo comprende aún? ¡Está muerta!». Pero Dina no ofrece ya resistencia. Sus ojos me miran redondeados por el espanto y su cuerpo se desliza junto al mío hasta caer al suelo, impotente, aterrorizada. No tengo tiempo que perder y le arrebato el bolso. Busco con ansiedad un estuche, un paquete, el collar sin el cual es posible que nada de lo previsto suceda. Sólo encuentro papeles. Papeles que no me importan, que paso por alto, que arrojo lejos de mí. Papeles de los que, sin embargo, dos días después, conoceré, al igual que el resto de la oficina, su contenido exacto. Y entonces Cesca cabeceará con tristeza. Y oiré rumores, pasos, sentiré frío. La factura de la luz, un bloc de notas, una carta... *Querido Eduardo...* Palabras que recuerdo bien porque son de Dina. *No deja de observarme, de seguirme a todas horas, de mortificarme con su presencia...* Y otras que reconozco aún más porque son mías, aunque la carta lleve la firma de Dina Dachs y yo no me haya atrevido jamás a formularlas por escrito. *Pienso en el Trastevere. En nuestro piso en el Trastevere, en los días que faltan para que nos encontremos en Roma...* Recuerdos que no recuerdo. *Nunca olvidaré la primera noche, en el hotel frente al mar...* Frases absurdas, ridículas, obscenas. Promesas de amor entremezcladas con ruidos de pasos, llaves, puertas que se abren, que se cierran, los vecinos del piso de arriba arrastrando muebles, un hombre con bata blanca diciéndome: «Está usted agotada. Serénese». Y, sobre todo, Cesca. La mirada compasiva de Cesca.

Pero esto no ocurrirá hasta dentro de dos días. Ahora estoy de rodillas, resuelta a evitar lo inevitable, con el bolso vacío en la mano y rodeada de papeles que no tengo el menor interés en leer, que aparto con rabia de un manotazo. Recuerdo: «Un cuarto de hora, al otro lado de la ciudad». Y entonces se me hace la luz. Es como si estuviera allí, en una fiesta, una reunión, las doce de la noche y el intercambio de regalos. Pero Dina no llegará a aceptar el obsequio fatídico. He logrado asustarla, prevenirla. «Lo he impedido», digo. Y miro mis manos enguantadas. Aún temblorosas, aún poseídas por una fuerza de la que nunca me hubiera creído capaz. Y luego a Dina, en el suelo, con los mismos ojos desorbitados por el terror, por el espanto, por lo que ella ha debido de creer la visión de la locura. Pero Dina está inmóvil. Vestida de verde. Traje verde, zapatos verdes... Y sólo ahora, incorporándome despacio, observo un cerco amoratado en torno a su garganta y comprendo con frialdad que no le falta nada. «Todavía es pronto», digo en voz alta a pesar de que nadie pueda escucharme. «Pero mañana, pasado mañana, será un collar violeta.»

El lugar

No hacía ni tres horas que nos habíamos casado. Yo estaba en la cocina preparando un último combinado de mi invención; había oscurecido y los escasos invitados —compañeros de la facultad en su mayoría— hacía rato que se habían retirado. La ceremonia no podía haber sido más sencilla. (Y yo estaba pensando: «Me gusta que haya sido así. Tan sencilla».) Un juez amigo, antiguo profesor nuestro, fue el encargado de casarnos. Y lo hizo deprisa, sin dilaciones ni rodeos, reservándose el discurso emocionado —o aquí entraron quizá los combinados de mi invención— para el momento de las despedidas. «Afortunado», dijo entonces. «Te llevas a Clarisa. Tu mujer, en la vida, llegará muy lejos.» Parecía achispado. Lo digo por el tono de la voz, por el sospechoso balanceo que se empeñaba en disimular, no por sus palabras. Porque yo era el primero en compartir su opinión. En Clarisa se daba —y así lo apreciábamos muchos— una curiosa mezcla de dulzura y tenacidad, de suavidad y firmeza. Un cóctel explosivo, desarmante. Sí, Clarisa, en el trabajo, en la vida, conseguiría cuanto se propusiese. Pero ahora yo no estaba pensando en eso, sino en la boda. «Una ceremonia breve, discreta. Muy a nuestro estilo.» Y de pronto me pareció escuchar un suspiro, un lloriqueo, algo extrañamente parecido al ronroneo de un gato. Un tanto sorprendido, con un vaso en cada mano, salí al comedor.

No había nadie allí, sólo Clarisa. Vestía aún el traje de boda —un traje malva, su color favorito, algo arrugado ya, salpicado de pequeñas motitas de vino—, se había descalzado y ocupaba un sillón de un tono parecido a su vestido. Me apoyé en la pared en silencio, intentando acallar el tintineo de los hielos en los vasos. Nunca la había visto así. Con los ojos entornados, emitiendo aquel murmullo de complacencia. No se sabía dónde acababa su vestido y empezaba el sillón, pero lo mismo se podía afirmar de sus cabellos, de su piel, de los pies descalzos. Tuve la impresión de que Clarisa se había confundido con su entorno, y también que aquella escena iba a permanecer durante mucho tiempo en mi memoria. Clarisa frente a mí. Como si siempre hubiese vestido igual —con un traje malva algo arrugado, salpicado de manchitas y en el que ahora apreciaba una pequeña rasgadura—, extrañamente acomodada en un sillón que parecía formar parte de sí misma. Y yo junto a la pared, con los combinados en la mano, temeroso de romper la magia del instante. Pero Clarisa había abierto ya los ojos y me miraba con su admirable mezcla de firmeza y ternura. «Este es mi hogar», dijo. «Aquí está mi sitio.» Entonces, hipnotizado aún, no podía ni imaginar el verdadero alcance de sus palabras.

A los pocos días, sin embargo, algo en nuestra relación empezó a resultarme extraño, exagerado. Clarisa se estaba revelando un ama de casa ejemplar. Hablaba con pasión de cocinas, planchados, limpiezas, cortinajes, alfombras, restauración de muebles. Pero eso —que al principio me produjo cierta hilaridad, no voy a negarlo— era prácticamente lo único que hacía. Su inesperada entrega a los quehaceres domésticos parecía total, sin fisuras, excluyente. En un momento, quizá tan sólo para tranquilizarme, pensé que se trataba de una actitud pasajera. Que a muchas recién casadas debía de haberles ocurrido lo mismo, y que Clarisa, al cabo de una semana, a lo sumo dos, volvería a interesarse por el mundo, por sus estudios, por mi trabajo. Pero no tuve que esperar tanto para que mis esperanzas se desvanecieran. «Voy a dejar la universidad», dijo alegremente uno de esos días. Y entonces, sin saber muy bien por qué, me encontré mirando hacia el sillón malva, ahora vacío, y me pareció comprender que la clave de todo aquel absurdo se encontraba precisamente allí, la misma tarde de nuestra boda, en el momento en que la sorprendí extrañamente sentada, diluida en su entorno, con la expresión —y sólo ahora encontraba las palabras adecuadas— de la iluminada que acaba de vislumbrar el camino. Y el tiempo se encargaría de confirmar mis sospechas. Porque era como si Clarisa hubiera abrazado una nueva religión, unas normas de vida a las que se aferraba con la fuerza de una conversa, y que sólo me serían reveladas poco a poco, a medida que nos transformábamos en un matrimonio convencional, sólido, ejemplar, con un reparto estricto de funciones, y nuestros viejos proyectos —compartir problemas, trabajar juntos, hacernos cargo, en fin, del antiguo bufete de mi padre— se desvanecían uno a uno, día a día, sin dejar rastro, con la más absoluta naturalidad, como si nunca, en fin, hubieran existido.

No tuvimos hijos. Clarisa se empeñó en que éramos felices así, tal como estábamos, y que la llegada de un tercero (indefenso, llorón, necesitado de atenciones), lejos de reforzar nuestra unión, no haría más que conducirla al desastre. «Seríamos como todas las parejas», afirmaba. «¿Para qué un intruso en nuestra vida?» Y es posible que no le faltara razón. Pero ese pequeño detalle no acababa de cuadrar, al parecer, con la idea que se habían formado muchos de nuestro matrimonio. Y, aunque nadie se tomó la molestia de comunicármelo abiertamente, pronto comprendí que nuestra decisión había sido recibida como una incapacidad, una carencia, una desgracia. Todavía recuerdo la irritante insistencia de algunas de sus antiguas compañeras con las que, en ocasiones, coincidía en juzgados o reuniones de trabajo. Y era curioso. Porque por más atareadas que estuvieran, por más pendientes que me parecieran de sus obligaciones o del reloj, tenían siempre unas palabras para Clarisa, un interés súbito por saber cómo se encontraba. Y un aire de suficiencia, cierta conmiseración, al enterarse de que mi mujer seguía bien, en casa, y que, de momento, no habíamos pensado en la posibilidad de tener hijos. No lo creían. No querían creerlo. Pero esa mezcla de desprecio hacia Clarisa (¿cómo una estudiante tan prometedora podía haberse convertido en una simple ama de casa?) y el deje de lástima que a menudo se reflejaba en sus ojos (por no haber sido capaz, según ellas, de darme descendencia) contrastaban aparatosamente con la franca carcajada con que mi mujer recibía la noticia de sus comentarios. «Pobres», decía, «a lo mejor todavía no han encontrado su lugar.» Yo, por aquel entonces, ya lo había comprendido todo.

El *lugar*, para Clarisa, era algo semejante a un talismán, un amuleto; la palabra mágica en la que se concretaba el secreto de la felicidad en el mundo. A veces era sinónimo de «sitio»; otras no. Acudía con frecuencia a una retahíla de frases hechas que, en su boca, parecían de pronto cargadas de significado, contundentes, definitivas. Encontrar el lugar, estar en su lugar, poner en su lugar, hallarse fuera de lugar... No había inocencia en su voz. Lejos del lugar —en sentido espacial o en cualquier otro sentido— se hallaba el abismo, las arenas movedizas, la inconcreción, el desasosiego. ¿Cómo no dar palos de ciego cuando alguien no se halla firme en su puesto? Pero Clarisa no tenía el menor problema al respecto. Su lugar éramos la casa y yo, su marido. Mi mujer era feliz, y lo cierto es que, vencida mi primitiva sorpresa y renunciando a proyectos que tal vez no hubieran cuajado con fortuna, yo también aprendí a serlo.

Sin embargo, cuando recuerdo aquellos años, aquella convivencia tranquila y alegre, no puedo dejar de referirme a un día aciago, sólo a un día, en que, de pronto, toda nuestra felicidad amenazó con venirse abajo. Una mañana soleada de un otoño especialmente frío. Un día, muy parecido a muchos otros, en que debía desplazarme a una localidad cercana y Clarisa, como en tantas ocasiones, se ofreció a acompañarme. Aprovecharía para pasear, para ir de compras, y más tarde, cuando yo hubiera terminado con mis gestiones, almorzaríamos en un buen restaurante, junto al mar. Pero al abandonar la ciudad y enfilar por la autopista, me volví hacia la derecha y observé un cerro.

—¿Qué miras? —preguntó Clarisa.

Y yo respondí:

—El cementerio. A veces en días tan claros como hoy se alcanza a ver el panteón de la familia.

Sonó un claxon, comprendí que me había desviado temerariamente del arcén y sólo después, cuando ya había recuperado el dominio del volante, me atreví a decir:

—Hemos estado a punto de morir. De no contarlo.

Y en más de una ocasión, a lo largo de mi vida, me he sorprendido pensando que quizás hubiera sido mejor así. Aquel día, en la carretera. Morir los dos a la vez. Los dos a un tiempo.

Clarisa y yo casi nunca hablábamos de nuestras familias. No veíamos la razón, no sentíamos esa necesidad o, simplemente, no nos apetecía. Alguna que otra vez, sin embargo, debí de mencionarle el nombre de tía Ricarda. Fue seguramente cuando proyectábamos un viaje a Cuba que nunca llegó a realizarse. O tal vez antes. O quizá después. No puedo precisarlo. Es probable asimismo que, en cualquiera de los numerosos pueblos a los que a menudo nos desplazábamos, la visión de una mujer silenciosa, pendiente de sus labores, jugueteando con bolillos, o mirando hacia el infinito con una débil sonrisa, me hubiera hecho evocar fugazmente a mi madre. Tan melancólica, tan secreta, tan silenciosa. De lo que no tengo ninguna duda es de haber acudido, en más de una oportunidad, a la expresión: «Parece un Roig-Miró». Y todavía me parece ver a Clarisa sonriendo, asintiendo con la cabeza. Porque, a pesar de que éste fuera mi apellido —y el suyo, en cierta forma, desde que nos habíamos casado—, no podía ignorar que me estaba refiriendo a mi padre, o mejor, al ya mítico mal genio que, generación tras generación, se atribuía a la familia de mi padre. Eso era todo. O por lo menos así fue hasta aquella mañana. Concluí las gestiones en el juzgado mucho antes de lo que habíamos previsto. Pero no almorzamos junto al mar. Lo hicimos ya de regreso en uno de tantos establecimientos sin historia que bordean las carreteras, no puedo recordar si porque el día se había nublado inopinadamente o porque a alguno de los dos se le ocurrió aprovechar las últimas horas de luz para visitar el cementerio. Supongo que fue a mí. No veo ahora por más que me esfuerce qué interés podía tener mi mujer en conocer un lugar tan lúgubre, pero sí —y el eco de mis propias palabras en la memoria me produce aún un profundo desasosiego— me oigo a mí mismo, en el restaurante sin nombre en el que almorzamos aprisa y corriendo, relatando esplendores pasados de mi familia, rememorando a padres, abuelos, parientes lejanos, preparándola en fin para conocer el panteón, un monumento que contaba con más de un siglo de antigüedad, recargado, imponente, muy al gusto de los indianos enriquecidos que habían sido mis antepasados. Y también, cuando remontábamos el cerro, rescatando anécdotas olvidadas que de repente me parecían curiosas, fascinantes, deliciosamente ridículas. Empecé por hablarle de tía Ricarda, la hermana mayor de mi abuelo, y Clarisa me escuchó con atención, con el inevitable interés que provocaba el relato de las andanzas de mi tía abuela, la misma atención con que yo, de pequeño, debí de escuchar por primera vez su historia. Porque tía Ricarda era una mujer fuera de lo común. Tiránica, soberbia, dotada de una extraña belleza. Una mujer que había llegado a casarse hasta cuatro veces, a enviudar otras tantas, y entre cuyas disposiciones testamentarias, de las que se hablaría durante mucho tiempo, había una cuyos efectos no tardaríamos en presenciar. Entonces, con cierto aire de misterio, señalé hacia lo alto del cerro.

—Escucha —dije.

Y aquí, para mi desdicha, empezó todo.

Ricarda falleció en 1890, a avanzada edad, y a sus herederos no les quedó otro remedio que acatar su última voluntad, sus grotescos caprichos, si querían acceder a su copiosa fortuna. Porque los bienes nada despreciables que había acumulado mi tía abuela tras el fallecimiento de sus cuatro maridos resultaban irrisorios si se comparaban con los suyos propios, la riqueza que Ricarda había logrado reunir a lo largo de su vida y de la que no debía rendir cuentas a nadie, con excepción quizá de su propia conciencia. Aunque ¿tenía conciencia tía Ricarda? Los herederos no tardaron en concluir que no tenía, y en lamentarse de haber hecho oídos sordos a la leyenda que la rodeara en vida. Porque de Ricarda —cuyo tesón, belleza o capacidad de mando nadie ponía en cuarentena— se afirmaban algunos extremos a los que, obcecados por el interés, no habían prestado la debida atención, y si mi tía había sido cruel durante los ochenta años que duró su paso por este mundo, justo era sospechar que no iba a cambiar en el último instante, cuando se disponía a abandonarlo.

Clarisa me miró con el rabillo del ojo y yo decidí postergar la revelación final.

—Mi tía abuela —proseguí— fue una mujer fuera de lo común, eso parece probado.

Con apenas veinte años había tomado a su cargo la explotación de una hacienda azucarera en Cuba, heredada de su padre y a la que su energía, vitalidad y dotes de mando sacaron de un estado de práctico abandono para convertirla en una industria floreciente. Me gustaba imaginar la insólita figura que debía de componer Ricarda, con la melena al viento, recorriendo a caballo sus dominios, admirada como mujer, obedecida como a un hombre, envidiada, idolatrada, temida. Porque entre sus muchas capacidades la fuerza de la muñeca para manejar el látigo, el pulso certero para asestar el golpe no se contaban entre las menores y, a decir de mi madre (que posiblemente lo habría oído de boca de la suya), todavía años después, cuando millonaria y cansada había regresado a Europa y del ingenio sólo quedaba el recuerdo, los lugareños, antiguos peones, o hijos de hijos de peones, creían en las noches desapacibles oír los cascos de su caballo y el amenazante restallido del látigo. Y entonces se encerraban en sus casas, hasta que alguien, el más joven, el más descreído, tal vez el más supersticioso, comunicaba que sólo había sido el viento, que no tenían por qué atemorizarse. Ricarda no se encontraba allí, quizás hubiera fallecido, y que era únicamente el aire, para el que los cómputos del tiempo obedecían a leyes insondables, quien se divertía de tanto en tanto con esparcir rumores, voces o sonidos, producidos sabe Dios cuánto tiempo atrás, y a los que no se debía prestar más atención que la que merecían. Ráfagas de viento. Aire.

—Pero eso —añadí enseguida, halagado ante el creciente interés de Clarisa— no son más que leyendas.

Lo cierto es que la fortuna de Ricarda —construida a base de tesón y a fuerza de látigo— no era una leyenda, sino una realidad tangible con la que soñaban los que luego serían designados herederos. Por lo cual, seguramente, en el momento de la lectura del testamento, no concedieron demasiada importancia al último capricho de la finada, una cláusula extravagante, de obligado cumplimiento y ejecución inmediata, si no querían ser desprovistos de todo derecho al legado. Y la fallecida había establecido de forma clara y tajante su condición. El panteón de la familia (que dentro de muy poco podríamos admirar) estaba rematado por cuatro ángeles de casi dos metros de alzada cada uno y de rostros apacibles y anodinos. Pues bien, Ricarda quiso ser ángel. O, como así dedujeron los ansiosos deudos, dejar de ser demonio. Lo curioso es que el retrato designado por la testante, el óleo en el que el escultor debería inspirarse para reproducir sus rasgos y colocarlos en lugar de una de aquellas faces celestiales, no era un rostro de juventud, sino de madurez. Y aunque nadie ignoraba que la armonía del conjunto iba a resentirse irremisiblemente tras aquel añadido, nadie tampoco se atrevió a corregir los designios de la testante. Después de todo, ¿no parecía lógico que una octogenaria recordase como los mejores años de su vida, no ya los veinte o los cuarenta, sino épocas mucho más cercanas? Ricarda, pues, la mujer del látigo cuya presencia había provocado pánico en este mundo, se convertía en ceñudo y enérgico ángel al alcanzar el otro. Un ángel malvado, como pronto decidirían los numerosos beneficiarios del testamento. Porque, pasadas las primeras emociones y llegada la hora de la distribución de bienes, se encontraron con la desagradable sorpresa de que la gran herencia estaba dispuesta de tal modo que todos —y eran muchos los designados— dependían estrictamente de todos. Y entonces comprendieron la razón por la que la fallecida había empleado los últimos años de su vida en recabar consejo de notarios, abogados o administradores. Ricarda había gastado parte de su fortuna en diseñar aquel jeroglífico por el cual nadie, en definitiva, pudiera gozar de la herencia.

—Qué historia —dijo Clarisa.

Pero no puedo reproducir el tono de su voz ni

aventurar si había dicho «qué historia» por decir algo o si se hallaba sorprendida, aburrida o interesada. La verdad es que aquella tarde en que súbitamente me sentí compelido a recordar anécdotas de familia apenas presté atención al estado de ánimo de mi mujer. Habíamos llegado a lo alto del cerro, bajamos del coche, cruzamos la verja del cementerio y yo retomé su última frase con el único propósito, supongo, de seguir hablando.

—¿Historia? Todos estos panteones deben de estar repletos de parecidas historias. Además, fuera de la pretensión de convertirse en ángel, los líos de herencia han sido siempre una constante en la familia.

Y aquí podía haberme callado y limitarme a pasear, a contemplar otras tumbas, otros nichos, otros panteones hasta llegar al nuestro o seguir especulando sobre la belleza y maldad de mi tía abuela. Pero no lo hice. Suponía que Clarisa estaba al corriente de algunas de las anécdotas que iba a relatar a continuación y tampoco este detalle me detuvo. Proseguí.

Porque no debíamos olvidar que Ricarda, al igual que el abuelo, al igual que mi padre, era una Roig-Miró y ese apellido, durante mucho tiempo, significó codicia, soberbia, un carácter irascible y un compulsivo deseo de fastidiar al prójimo. Y tal vez por eso mi padre, colérico e imprevisible como todos ellos —y desheredado a su vez por el suyo, mi abuelo—, quiso, desde que alcanzó el uso de razón, desligarse en lo posible de esa carga suprimiendo el guion que unía los dos apellidos y convirtiéndose en un Roig a secas. Aunque, ironías de la vida —y aquí me puse a reír—, de poco le sirvió. Su mujer, mi madre, se llamaba Casilda Miró Roig, y el nefasto apellido volvió así a reunirse en mi persona, con el agravante, seguí explicando (aunque Clarisa debía de estar informada de sobra), de que no se trató tanto de una burla del destino como de una fatalidad. El Miró que aportaba mi madre y el Miró del que se había desprendido su esposo procedían de un tronco común, los Miró Miró, una gente sencilla y bondadosa cuyos cuerpos, cuando se construyó el glorioso monumento con el dinero de América, fueron exhumados de sus modestos nichos y acomodados con todos los honores en el panteón de la familia.

—Es impresionante —comentó Clarisa.

Pero no me paré a pensar si lo que despertaba su atención era el gesto de los indianos enriquecidos, la cantidad de nombres obligados a convivir en la eternidad o el monumento mismo que ahora acabábamos de alcanzar y en el que tía Ricarda, en funciones de improbable ángel, no era, como yo pretendía, la única nota grotesca o carente de sentido. Lo que estábamos contemplando era lo más parecido a un homenaje a la ampulosidad, a la ostentación, al mal gusto. Recorrí las cuatro esquinas dedicadas a las cuatro postrimerías, y rematadas por los cuatro ángeles, y me detuve en la que se leía

«Infierno». En lo alto, el rostro de tía Ricarda me devolvió una mirada pétrea.
—Sí, es impresionante —repetí.
Y entonces caí en la cuenta de que aquélla era probablemente la única vez que contemplaba el mausoleo con ojos desdramatizados y fríos. Porque, en las dos únicas ocasiones que había visitado aquel lugar, otro había sido mi estado de ánimo y otras mis preocupaciones. Acudí por vez primera a los siete años de la mano de mi madre, asistiendo a sus gemidos sordos, a un lloriqueo para mí incomprensible, mientras contemplaba fascinado el trabajo de un par de hombres fornidos, los vaivenes del ataúd, el silencio que embargó a la reducida comitiva en cuanto se cerró la losa, un albañil dio el último brochazo de cemento y alguien pronunció un «ya está» que durante mucho tiempo acompañó mis sueños infantiles y que ahora resurgía con toda su fuerza. O tal vez era el silencio. El silencio que se respiraba aquella tarde en el cementerio o el silencio de Clarisa, quien resucitaba el «ya está» con la fuerza de aquel viento del otro lado del océano al que, no hacía demasiado, había atribuido el carácter de leyenda. Porque no se puede decir que yo, en aquel tiempo, sintiera una especial emoción ante la muerte de mi padre, el Roig-Miró que quiso ser simplemente Roig, pero que, bromas del destino aparte, había heredado el genio y la irascibilidad del apellido que iba a legarme. Mi padre era un ser distante, un auténtico capitán de barco con el que

nunca tuve la menor intimidad ya que mi madre se encargó siempre de hacerme llegar sus órdenes, de convertirse en sumisa intermediaria entre el capitán y el grumete. O, quizá, no había tales órdenes ni el fatídico mal genio, pero ella, la mediadora, temía que sin su intervención se desatara aquel proverbial mal carácter, la ira o la furia que a lo mejor sólo existían en su imaginación. O en la de su propia madre. «Te vas a casar con un Roig-Miró», le podría haber dicho la abuela. «Dulzura, sumisión, hija.» Y es así como no recuerdo jamás una subida de tono, una orden, un castigo, porque mi madre, tal vez antes de que al capitán se le ocurriera la orden, la subida de tono o el castigo, se anticipaba a tal probabilidad con: «No juegues aquí, hijo» (o «no cantes», «no escuches la radio», «estáte quieto»). «¿No ves que estás molestando a tu padre?» Pero, desaparecido el capitán, mi madre no asumió el gobierno del buque. Y era curioso (ahora por lo menos me parecía curioso) que la segunda vez que visité el panteón —ya adulto, con ocasión del entierro de mi madre— tampoco se pudiera decir que me sintiera triste, afectado, pero sí vacío. Tremendamente vacío. Aunque no como consecuencia de la pérdida a la que en aquel momento se estaba dando sepultura, sino por haber sido incapaz de conocer algo más de aquella mujer a la que no volvería a ver en la vida. En realidad —y entonces lo comprendí con la claridad de una revelación tardía—, era como si mi madre hubiera fallecido muchos años atrás, cuando yo observaba embelesado el trabajo de los sepultureros y alguien pronunció aquel «ya está» que ahora me devolvía el viento de la memoria. Porque, con la muerte de su esposo, parecía como si mi madre hubiera perdido automáticamente la razón de ser en este mundo. Ya no tenía que filtrar, suavizar, repetir: «¿No ves, hijo, que tu padre está ocupado?», o aplacar los terribles designios de un hombre a quien no se le dio tiempo de pronunciar palabra. Y mientras yo jugaba en el salón, en el comedor o en lo que había sido el inaccesible despacho de mi padre, ella, sin terrenos ya que proteger o resguardar, se encerraba cada vez más en el gabinete, junto a su caja de costura. Y bordaba. Bordaba con verdadera dedicación, preguntándome a través de la puerta por mis notas, relatándome historias de la familia cuando me sentaba a su lado, rememorando a sus padres, a tía Ricarda, a los buenos de los Miró Miró, a quien fuera, con tal —comprendía ahora— de engañar al silencio, de hacer como si en aquella casa se hablara y conversara como en tantas otras, repitiendo anécdotas con la misma entonación, las mismas palabras, como quien recita una lección aprendida o canta una tonadilla sin reparar en la letra. Y mantener la mente libre, lo más libre posible, para entregarse a las figuras que sus dedos daban vida sobre el bastidor. Aves fabulosas, plantas increíbles, caballos alados, planetas, estrellas, constelaciones improbables. No conservaba un solo mantel, un solo pañuelo, de aquellos largos años de trabajo al que yo no concedí entonces demasiada importancia, pero que ahora, por un momento, me hubiera gustado contemplar, leer como quien lee un diario íntimo, acceder a su mundo de ensueños y fantasía. De repente me sentí triste. O mejor, conseguí por primera vez sentirme felizmente triste. Porque ¿no buscan las personas en un lugar como aquél tranquilizar sus conciencias, recordar a los fallecidos, entregarse por unos momentos al placer de la melancolía? ¿No sería únicamente esa necesidad tanto tiempo acallada la que me había conducido hasta allí, a los pies del panteón de la familia? Había conseguido transformar el vacío en una emoción desconocida. «Con unos años de retraso», me dije. No importaba. La visita al cementerio había cumplido su función.

—Pero yo... —oí de pronto a mis espaldas—. Yo no les conozco.

Y fue entonces, al volverme, cuando caí en la cuenta de que había estado durante largo rato hablando sólo para mí mismo, y me encontré con el rostro lívido de Clarisa, los ojos perdidos en un punto lejano, y sus manos. Unas manos frías como la Muerte.

Regresamos al coche y Clarisa, envuelta en la americana que le había colocado sobre los hombros, se acurrucó a mi lado, como un ovillo, hundida en un tenso silencio que por un momento, tal vez sólo para tranquilizarme, atribuí al frío, al viento repentino que se había levantado en lo alto del cerro, aún sospechando que también ese viento tenía que ver con otros vientos, vientos olvidados o viejas heridas que yo, con mi actuación petulante y estúpida, no había hecho más que resucitar en la mente de Clarisa. Porque, en aquel absurdo deseo de mostrarle antiguos esplendores o contarle anécdotas e historias de familia, no había logrado otra cosa que enfrentarla a lo que ella carecía. Recuerdos, familia, ni siquiera una lista de nombres grabados en las frías losas de un panteón ridículo y grotesco. Miré a Clarisa y le acaricié el cabello. Se diría que había perdido pie, que, por primera vez en su vida, se hallaba desorientada y que se encontraba allí, a mi lado, mientras abandonábamos la autopista y nos acercábamos a la ciudad, como podía encontrarse en cualquier otro lugar o en cualquier otro automóvil. Y es posible que fuera entonces cuando la reviví en el sillón, el día de nuestra boda, en su posición al tiempo erguida y abandonada, firme y tranquila, a gusto con su entorno, con sus pensamientos, consigo misma. Y pensé en su familia. En lo poco que me había contado Clarisa de su familia. Unos padres obligados para sostenerla a trabajar en países extraños y la noticia de un fatal accidente, siendo ella muy niña y estando al cuidado de una tía lejana. Posiblemente ignorara incluso dónde estaban enterrados, quiénes habían sido, de qué color eran sus ojos y su cabello. Clarisa, a mi lado, me pareció de pronto indefensa como una recién nacida. Y la recordé en la facultad, cuando nos conocimos. Una excelente estudiante. Sus padres, me contó entonces, le habían dejado algunos medios, pero ella se vanagloriaba de haber conseguido una beca, de estudiar por méritos propios. O tal vez los magníficos resultados que cosechaba invariablemente a final de curso no eran más que la condición inconfesada para seguir disfrutando de una beca. En realidad, ahora me daba cuenta, Clarisa siempre se mostró reacia a hablar de sí misma o de su pasado y era más que posible que, ahora, por un momento, echara en falta lo que nunca tuvo. O tal vez, decidí ya frente a la casa, al abrir la portezuela del coche, se trataba sólo de una impresión pasajera. Ella, que tan feliz se encontraba en la vida, había pensado de pronto en la inevitabilidad de la muerte.

Clarisa no quiso cenar. Se retiró pronto a la cama, dijo hallarse indispuesta y, algo más tranquila —como si la visión de los objetos entre los que transcurrían sus días hubiera actuado como un sedante—, me besó en la mejilla y me dio las buenas noches. Pero no conseguí conciliar el sueño hasta bien entrada el alba. También a mí la visita al panteón me había en cierto modo desasosegado y confundido. O quizá todo se debiera al frío, al largo rato que, movido por aquella extraña necesidad de rememorar, habíamos pasado a la intemperie, inmóviles, a la breve emoción al evocar a mis padres, las labores de mi madre —o tal vez únicamente a mí mismo, de niño, observando las labores de mi madre—, al tardío descubrimiento de la ausencia de recuerdos de la pobre Clarisa. Aunque ¿qué podía importarnos? Si yo significaba tanto para mi mujer como ella para mí no necesitábamos de recuerdos, de familias, de ningún pasado. ¿No habíamos contemplado la llegada de un hipotético hijo como un intruso? Y, pensando en estas cosas, en que la vida era un regalo sobre el que no debíamos hacernos demasiadas preguntas, sino apurarla a fondo, me sentí de repente dominado por un dulce cansancio y dormí como un niño.

Cuando desperté el desayuno estaba preparado, las tazas dispuestas sobre la mesa y el inconfundible aroma a café recién hecho inundando la cocina. Me senté frente a Clarisa y unté una tostada con mantequilla.
—¿Cómo te encuentras? —pregunté.
Parecía cansada, como si hubiera pasado una mala noche o no se hubiera repuesto completamente de su indisposición. Untó a su vez una tostada que no llegó a probar.
—Ayer —dijo de pronto— me comporté como una estúpida.
—El imbécil fui yo —atajé de inmediato.
Y enseguida me explayé sobre las engañosas tardes de otoño, los cambios súbitos de temperatura,

121

el despertar del viento... Mi mujer me miró con resolución.

—No era el frío —dijo.

El tono de Clarisa me sorprendió. Es cierto que mis oídos habían escuchado simplemente «no era el frío», pero sus ojos, la inmovilidad de su mano sosteniendo la taza de café, a medio camino entre la mesa y su rostro, me habían dado a entender algo bien distinto: «Cállate. No interrumpas. No me vengas con rodeos. Deja de tratarme como a una niña».

—Ayer —dijo al fin (y a mí me pareció que había preparado su intervención durante la noche)— se me ocurrieron cosas fuera de toda lógica.

Me limité a interrogarla con la mirada. Mi mujer había depositado la taza sobre el mantel, junto a una tostada que no se decidía a probar, como si realmente se hallara desganada o —y esa sensación opacó la anterior— hubiera almorzado ya y sólo pretendiera, con ese remedo de desayuno, abordar un tema extravagante con la naturalidad de una conversación trivial en un marco cotidiano.

—Aquellas historias que me contaste. La expresión de los ángeles... No sé. Me pareció que allí dentro había *vida* y que, de alguna manera, era como si... —tomó aliento para proseguir—, como si nos estuvieran esperando.

Me encogí de hombros y sonreí. También a mí se me había ocurrido algo parecido, pero no en el cementerio, sino en el lecho, aquella misma noche.

Le hablé de que la existencia era un regalo y que no debíamos malgastarla obsesionándonos con la muerte. De nuevo me sentí taladrado por los ojos de Clarisa. Callé. Mi mujer, comprendí enseguida, estaba haciendo acopio de arrestos para revelarme algo.

—Si yo muero... —y al momento se corrigió—, quiero decir, cuando yo muera... ¿Me enterrarás en el panteón de tu familia?

La pregunta me pilló de sorpresa. Así y todo me apresuré a contestar:

—Mi familia es la tuya.

Pero enseguida me di cuenta de que lo que buscaba Clarisa era una respuesta, no un rodeo.

—Bueno —dije soportando su mirada—, eso sería lo normal, ¿no crees?

—No lo sé. —Y la resolución de momentos atrás dejó paso a una desconocida expresión de abatimiento.

—A no ser —añadí enseguida— que tengas previstas otras disposiciones.

Había intentado dotar a mis palabras de la mayor naturalidad del mundo cuando de nuevo me asaltó la sensación de que lo que realmente asustaba a Clarisa era la simple idea de la muerte. Por ello me extendí en la inevitabilidad de ciertos trámites, en las dificultades con las que a menudo se encuentran las personas que no han tenido la precaución de prever ciertos extremos, y en la evidencia de que, hoy en día, contar con un panteón —aunque fuera

123

desmesurado y grotesco como aquél— resolvía muchos problemas o, por lo menos, ahorraba a sus propietarios la necesidad de planteárselos. Incluso me permití alguna broma que Clarisa no celebró.

—Supongo que no querrás convertirte en ángel, como Ricarda.

No. Clarisa no quería convertirse en ángel. Lo que quería Clarisa era no morirse. ¿O había algo más? La miré de reojo mientras terminaba con la segunda taza de café y me pareció como si, otra vez, intentara reunir fuerzas para hablar, para dar forma a oscuros pensamientos que le hubieran rondado por la cabeza el día anterior y que ahora le parecieran ridículos, irracionales o absurdos.

—Ayer, de repente —dijo imitando mi tono despreocupado—, me imaginé muerta, entrando en un panteón repleto de desconocidos, como una intrusa... Ya sé que es una tontería. Pero me vi desarmada, sola... Un volver a empezar, ¿entiendes?

—Sí —respondí—. Te entiendo perfectamente.

No era del todo cierto. Pero Clarisa había desvelado por fin el motivo de su inquietud y de nada hubiera servido evocar de nuevo el frío o insistir en culpabilizarme de algo que, mirado ahora, en la apacibilidad de un desayuno cotidiano, no parecía revestir la menor importancia. Así que entré de lleno en la propuesta de mi esposa. ¿Era eso lo que únicamente le preocupaba? Y entonces, acudiendo a un tono paternal (que en aquellos momentos no pareció desagradarle), pregunté a mi vez de dónde había podido inferir que, llegado el día inevitable —porque algún día moriría, eso sí, no debía de hacerse ilusiones—, iba a encontrarse desasistida, sola, rodeada de desconocidos. Le recordé además su fantástica salud de hierro y cierta conversación —que más de una vez habíamos traído a la memoria— sostenida en la cafetería de la facultad, siendo ella una estudiante de primero y yo de cuarto, y hallándome yo aquel día fuertemente acatarrado. «¿Qué se siente», preguntó ella, «cuando se tiene fiebre?» Al principio pensé que bromeaba pero, con el tiempo, con los sucesivos encuentros que pronto trascenderían el estrecho marco de la facultad, comprobé admirado que Clarisa era una absoluta y feliz ignorante en todo lo que hiciera referencia a dolor o enfermedad. Muy pocas veces se había sentido indispuesta, jamás, hasta donde su memoria alcanzaba, se había visto obligada a guardar cama y no tenía la menor idea de en qué podía consistir aquello a lo que los demás se referían cuando hablaban de «fiebre». Además —no debíamos olvidarlo— yo le llevaba cuatro años, mi salud era normal y corriente —precaria, si la comparábamos con la suya— y la mortalidad femenina, según las encuestas, iba muy por debajo de la masculina. Con lo cual —y ahora empezaba a sospechar que lo que le había ocurrido frente al panteón no era sino el efecto de unas décimas de más en un cuerpo acostumbrado a una temperatura constante— ¿por qué descartar de entrada el que yo falleciera con anterioridad o, por lo menos, muriéramos los dos a un tiempo?

—Ayer, sin ir más lejos —añadí—, ¿no estuvimos a punto de morir a la vez, de morir a un tiempo?

No ignoro que en aquella conversación absurda nos estábamos saltando la premisa fundamental, el preguntarnos si había vida después de la vida o, en caso afirmativo, si debíamos aceptar un más allá perfectamente reglamentado, ese mundo de derechos adquiridos que, aunque sólo fuera por efecto de la fiebre, había prefigurado Clarisa con el regusto amargo de una pesadilla. Pero de lo que se trataba en aquel momento no era de discutir el más allá ni la verosimilitud de una pesadilla. Y así, como en las narraciones de ciencia ficción en las que lo que menos se cuestiona es el entorno, me encontré ofreciendo mis servicios de cicerone en aquel mundo oscuro, presentándole a los miembros de mi familia e introduciéndola debidamente, con todos los honores. No sé de dónde saqué tanta elocuencia, pero mi poder de convicción fue total. Clarisa, como si fueran precisamente aquellas explicaciones y no otras las que estaba esperando, me miró agradecida.

—Es cierto —dijo sonriendo—. No tengo por qué preocuparme. Te sobreviviré.

Y como si todo aquello no hubiera sido más que un juego, me besó en la mejilla, recordó de pronto que tenía mucho que hacer y se entregó a una actividad frenética. Y mientras yo observaba cómo tazas y platos eran llevados al fregadero, las tostadas ya frías a la basura o los botes de mermelada y miel a las estanterías de la despensa, me dije complacido que no sólo eran los restos de aquel extraño desayuno los que ocupaban su lugar, sino que ella, Clarisa, intentaba por todos los medios recuperar el suyo.

No volvimos a hablar de la muerte en los términos en que lo habíamos hecho aquella mañana, ni tampoco a recordar ni de pasada la excursión al cementerio. Una vez a lo sumo se mencionó en la casa el nombre de tía Ricarda, pero tan pronto como fue pronunciado cayó en el olvido. Fue una casualidad sin consecuencias. Clarisa había decidido introducir algunas mejoras en el piso y nos estábamos preguntando por la verdadera utilidad de algunos muebles y la posibilidad de adquirir otros. Nos detuvimos así frente a una vitrina atiborrada de objetos, regalos de boda y recuerdos de familia que años atrás habíamos guardado allí de forma provisional y a los que hasta entonces no habíamos sabido encontrar un mejor destino. Hicimos un recuento, decidimos conservar algunos, desprendernos de otros y guardar unos pocos en una caja de seguridad. Al llegar a un recargado collar de topacios y preguntar mi mujer por su procedencia, me encontré citando a tía Ricarda y recordando su total fascinación por la plata, el oro y las piedras preciosas. Pero Clarisa, a la que nunca le habían interesado las joyas, no le prestó mayor atención. Eso fue todo. A los pocos días la vitrina se transformó en alacena, y Clarisa, con todo amor y cuidado, acomodó en su interior su vajilla favorita, un par de saleros de plata y diversos objetos de uso cotidiano que, como me haría notar, hicieron de un absurdo escaparate una pieza completamente integrada en nuestra vida. Eso era lo único que importaba: «nuestra vida», y aquella felicidad de la que me encuentro falto de palabras a la hora de describirla y que sólo aparece en toda su magnificencia cuando se da por perdida. Porque Clarisa, en contra de sus predicciones, no llegó a sobrevivirme.

La enfermedad apareció en la casa de repente, de un día para otro, con una rapidez y tenacidad que no dejaba dudas sobre el inminente desenlace ni siquiera para un hombre enamorado como yo, deseoso de aferrarse al más leve síntoma de mejoría, a los más descabellados sueños, a la posibilidad de un milagro. Clarisa soportó su dolencia con entereza de ánimo, con valentía, con tanta serenidad que el médico, al que apenas conocíamos por no haber tenido hasta entonces que recabar sus servicios, se comportó como un amigo de toda la vida, robándoles horas a otros pacientes, acudiendo diariamente al lecho de la enferma, confortándome en cuanto Clarisa conciliaba el sueño y confesando abiertamente su admiración. Nunca, en el ejercicio

de su carrera, había conocido a alguien que, a dos pasos de la muerte, se comportara con tanta resignación y entereza. Aunque ¿sabía Clarisa que se hallaba realmente a las puertas de la muerte? El último día de aquella semana de intensos dolores redoblamos la dosis de morfina y, aunque la moribunda cayó en un pesado letargo, curiosamente su rostro se contrajo como no lo había hecho hasta entonces. Ahora Clarisa sufría, sufría de verdad, como si abatida por el sueño hiciera suyos de pronto todos aquellos dolores que su mente se negaba a aceptar, retorciéndose, gimiendo, musitando palabras incomprensibles.
—Está delirando —dijo el doctor.
Y salió de la alcoba.
Pero Clarisa no deliraba ni profería sonidos ininteligibles ni tampoco frases sin sentido. Me aproximé a la cabecera, sujeté su rostro entre las manos y escuché:
—Ricarda, Roig-Miró, Miró-Roig, Miró Miró.
Y al rato, porque ignoro cuánto tiempo pude pasar junto a la cama, noté su mano gélida, pétrea, como ya la había conocido una vez. Y, sin saber por qué, sin encontrar palabras, me sorprendí repitiendo:
—No te preocupes, amor mío, no te preocupes.

Ahora sé que ante los agonizantes o ante los muertos se profieren infinidad de tonterías y despropósitos entre los cuales, aquellos vanos intentos por liberar a Clarisa de toda preocupación, no deben de contarse como los más absurdos. Y también que en las horas que siguen al fallecimiento del ser querido, esas horas en las que un remedo de lo que fue el cuerpo sigue ahí y se empieza a prefigurar con fuerza el vacío de lo que va a ser la Ausencia, la gente se dedica a realizar los actos más insólitos y extravagantes. Consumir alcohol los abstemios, hablar compulsivamente los reservados, encerrarse en un mutismo alarmante los charlatanes, o acometer actividades inútiles que en la desazón del momento parecen prudentes, definitivas, inaplazables. Yo no fui una excepción.

Con las primeras horas de la mañana, cuando ya en la calle se escuchaba el rumor del tráfico y la casa empezaba a llenarse de amigos y vecinos, me vestí apresuradamente, cogí una cesta y me dirigí al mercado. No estuve allí más que unos minutos. Los suficientes para adquirir algunas frutas, que escogí entre las más apetitosas, y enseguida, sin importarme lo desastrado de mi atuendo, la barba de dos días o los alimentos que asomaban por el capazo, me fui al banco. La puerta estaba cerrada y, aunque se percibía el trasiego de los empleados en el interior, tuve que esperar un buen cuarto de hora a que se diera paso a los clientes. Después, con la cesta aún más abultada, me dirigí a una mercería. El establecimiento estaba repleto, pero tal vez porque era poco lo que pensaba adquirir, porque mi aspecto debía en buena lógica sobresaltar a las dependientas, o quizá, tan sólo, porque en los lugares de clientela femenina un hombre suele ser tratado con preferencia, fui atendido de inmediato. Al salir redoblé el paso y dudé un momento frente a otra tienda. Leí: OPTICA. RELOJES. APARATOS DE PRECISION. Pero no entré. Alcancé mi portal de una corrida, no tuve paciencia para esperar el ascensor y subí hasta el piso saltando los escalones de dos en dos.

Al entrar me encontré con los amigos que había dejado al partir y a los que yo había llamado la noche anterior, más otros muchos a los que debían de haber llamado los primeros, y dos hombres de gesto sombrío e íntegramente vestidos de negro que, aún antes de reparar en el ataúd de caoba que aguardaba en el comedor, reconocí de inmediato como empleados de la funeraria. Di mi autorización para que procedieran a su trabajo, pero les rogué que antes de cerrar para siempre la caja me permitieran permanecer un rato a solas con la que fue mi esposa.

Supongo que nadie puede asombrarse ante semejante deseo, ni menos aún atreverse a interrumpir un momento como éste, el último adiós, en el que quien permanece con vida suele expresar con palabras su amor, su petición de perdón, sus ansias de reunirse lo más pronto posible con el ser querido. Y lo hace en voz alta. Como si los cuerpos de cera pudieran oír o los labios amoratados pronunciar una respuesta. Así y todo cerré la puerta con llave. Y después, solo frente a Clarisa, la besé en los labios.

Pero eso no fue lo único que hice. Había entrado en la alcoba con el producto de mis gestiones matutinas, con la cesta de la compra en la que nadie había reparado —después de todo, ¿no suelen entregarse ciertos viudos a las extravagancias más inauditas?— y con todo cuidado escogí algunas frutas, las más pequeñas, quizá las más sabrosas. Un aguacate, una chirimoya, un kiwi. Las coloqué amorosamente entre los pliegues del sudario. Después, con mucha cautela, alcé los pies cubiertos de Clarisa y comprobé que había espacio de sobra para lo que me proponía. Volví a depositarlos en su lugar y busqué en el fondo de la cesta el estuche que momentos antes reposara en la caja de seguridad de un banco y lo abrí. El collar de tía Ricarda emitió un brillo desacostumbrado, poderoso, como si en lugar de regresar de un encierro surgiera de las manos de un pulidor de metales o de un restaurador de joyas. No fue más que una sensación efímera, pero me aferré a ella con toda emoción. Oculté el collar bajo los pies de Clarisa y acomodé de nuevo un minúsculo kiwi que, con el inevitable movimiento, acababa de asomar por entre los pliegues del sudario. El resto resultó muy fácil. Despeiné los cabellos que alguien —una amiga, tal vez una vecina— había recogido en la nuca y camuflé entre los rizos hebras de hilo azul, rojo, dorado, plateado, naranja y siena, muy parecidas a aquéllas con las que, según me obsequiaba la memoria, mi madre bordaba aves fabulosas y paisajes imposibles. Por último, muy cerca del pecho escondí un reloj. Era un reloj de bolsillo que ignoraba a quién había pertenecido, deteriorado, fuera de uso, pero de tal belleza que, cuando convertimos la vitrina en alacena, había conservado junto a mí, en una de las mesitas de la alcoba. A su propietario, me dije, sea quien sea, le gustaría recuperarlo. Pero no me estaba entregando a un ritual antiguo, ni menos aún creía seriamente que los objetos allí depositados cumplieran otro fin que el de un simple acto de amor, un símbolo, una interpretación fiel de las angustias y fantasías de Clarisa. Un «a ella le habría gustado», justificador de tantos y tantos actos en apariencia absurdos que yo me apresuraba a ejecutar antes de que fuera demasiado tarde, se abriera la puerta, los dos hombres de aspecto lúgubre cerraran para siempre el ataúd y partiéramos todos hacia la iglesia, hacia el cementerio, hacia el panteón donde, para siempre, iba a reposar mi adorada Clarisa. Sí, antes de que todo eso ocurriera yo había cumplido con mi obligación. Y entonces acaricié el rostro de Clarisa, la besé de nuevo en los labios y le hablé en voz alta:

—¿Lo ves? No tenías por qué preocuparte.

Pero esta vez mis palabras no me parecieron insensatas ni desprovistas de sentido.

Y enseguida, como en un juego infantil, una

travesura de la que sólo los dos conociéramos el código, le susurré al oído:
—Serás bien recibida, amor mío.

La casa sin Clarisa carecía de sentido. No me di cuenta de lo que esto podía significar, en toda su crudeza, hasta pasadas dos semanas de su muerte en cuanto la benéfica labor de aplazamiento (pésames, visitas, condolencias) acaba, los amigos se retiran, todo parece indicar —y resulta sorprendente— que la vida, a pesar de todo, sigue, y uno queda dramáticamente enfrentado a la soledad, al vacío, a la ausencia. Sin embargo no me sentía capaz de tomar decisión alguna. Allí estaban los objetos, las prendas que Clarisa amó en vida. Sus jícaras, los pomos de cremas y colonias de hierbas, los vestidos de seda, que ahora yo, sumido en un profundo estado de melancolía, gustaba acariciar, recordando a mi pesar algunos consejos y admirándome al tiempo de lo fácil que resulta para la mayoría de los humanos ofrecer consejos. «Deshazte de las cosas de Clarisa. De la ropa, sobre todo. La ropa de los desaparecidos produce una infinita tristeza.» O bien: «Cámbiate de casa. Por un tiempo, por lo menos. Hasta que todo recobre su lugar en la vida». Pero ¿qué podían saber ellos de *lugares*? Y, sobre todo, ¿era posible que Clarisa, la mujer más feliz del mundo, hubiera abandonado el suyo? Una de aquellas noches empecé a soñar.

Primero fueron sombras borrosas, imágenes que apenas destacaban de un claroscuro, sonidos lejanos, murmullos, acaso sólo el rumor del viento. Pero la obsesión de la vigilia no me abandonaba en sueños, y pronto, en aquellas sombras, en aquellos murmullos, me apresté a reconocer la silueta querida, la voz esperada, las palabras precisas que, de poder hablar, tal vez hubiera pronunciado Clarisa. Y aunque en ningún momento, al despertar, se me ocurría poner en duda la evidencia de que aquello no era más que un sueño, a mi manera me sabía afortunado. Por las noches, por lo menos, volvía a estar junto a Clarisa. Podía reconfortarla, aconsejarla, darle a entender que no estaba sola ni siquiera en la muerte. «Tengo frío», dijo, o me pareció que decía, cuando no era más que una sombra a la que me esforzaba por dotar de voz y rostro. Y también: «Tengo miedo». Y entonces, con una sabiduría y una tranquilidad de las que en la vigilia me hubiera creído incapaz, yo le hacía notar que lo primero era imposible y lo segundo absurdo. No podía sentir frío, le decía, porque estaba muerta. A lo más el recuerdo de algo que en la vida había llamado frío. Y en cuanto al miedo, esa desazón que afirmaba padecer, no debía de ser otra cosa que desconcierto. Había leído (y en sueños citaba infinidad de títulos, nombres de autores, que al despertar desaparecían de mi memoria) que, durante los primeros días que siguen al fallecimiento, el alma se resiste a reconocer que ha abandonado

el cuerpo y vaga desorientada por el mundo. Pero ella me tenía a mí. Cada noche, en nuestra alcoba, dispuesto a aclararle sus dudas. Y después, cuando supiera ya definitivamente dónde se hallaba, cuando a la desazón hubiera seguido la certidumbre, seguiríamos conversando, recordando, felicitándonos por el milagro de encontrarnos en sueños, por hacernos la ilusión de que nos encontrábamos en sueños.
Una de aquellas noches Clarisa me comunicó que se hallaba más tranquila. Había aprendido a distinguir en la oscuridad y lo que en un principio le parecieran sombras no eran tales, sino rostros. «Algunos muy amigables», dijo. «Otros, en cambio...» Y entonces, adelantándome a una nueva confesión de sus temores, le recordé que todo era cuestión de tiempo, que aquellos seres que ahora la intimidaban habrían pasado en su día por aprensiones parecidas y que no debía olvidarse de las ofrendas (y hasta esta palabra sonaba natural dentro del sueño) que la habían acompañado hasta el panteón y de las que podía hacer uso, si no lo había hecho ya, en el momento en que le pareciera oportuno. Los frutos tropicales, el reloj, el collar de tía Ricarda...
—¿Tía Ricarda? —preguntó con sorpresa— ¿Quién es *tía* Ricarda?
Y al rato, como yo me hubiera quedado mudo, añadió:
—Pero si Ricarda es la criada...

Me desperté sobresaltado, prendí la luz y encendí un cigarrillo. Era la primera vez que el sueño se desmandaba, cobraba vida propia y lograba sorprenderme. Hasta entonces —y sólo ahora me daba cuenta— Clarisa se había limitado a pronunciar frases esperadas, plausibles, tópicas. El frío, el miedo, la oscuridad. Frases que podían encontrarse en cualquier novela, en cualquiera de aquellos tratados de almas o espíritus de los que como soñante tenía a gala conocer tan bien y que posiblemente sólo mi saber inconsciente ponía en su boca. Pero lo que acababa de decir... Aunque, después de todo, ¿qué me importaba a mí la suerte de Ricarda? ¿No era más bien motivo de júbilo el que un ser dominante y cruel como ella hubiera sido en el más allá reducido a la servidumbre? ¿No se facilitaba con eso la adaptación de la recién llegada a aquel mundo de sombras? La brasa del cigarrillo acababa de esparcirse por las sábanas. Busqué un cenicero y eché un vaso de agua sobre la cama. Estaba dormido, aún estaba dormido. Sólo así podía explicarme el que, por un momento, hubiera concedido tanta importancia a una información producida en sueños, a un mundo que sólo existía en las imágenes que presenciaba en sueños.

Me duché con agua fría y, por primera vez en tres semanas, me dirigí al despacho. La rutina del trabajo me hizo bien. Las secretarias se deshicieron en amabilidades y atenciones. A las siete de la tarde, de excelente humor, me despedí hasta el día siguiente y las felicité por lo bien que habían cuidado de los asuntos pendientes durante mi ausencia. Ellas sonrieron complacidas. Al abandonar el edificio la portera se me acercó con cara de lástima. «Le acompaño en el sentimiento», dijo, y enseguida, con voz compungida, me habló de los desatinos de la vida, de la belleza de Clarisa, de la pérdida irremediable, de eso haría ya unos diez años, de su inolvidable esposo. Apenas le presté atención. «Ricarda», pensaba. «¡Quién lo iba a decir!» Y, después de cortar su parlamento con un efusivo «Gracias», me encaminé a buen paso hasta mi piso. En aquellos momentos sólo deseaba una cosa. Cenar, dormir, y volver a visitar a Clarisa entre las cuatro paredes de su nueva morada.

Clarisa, poco a poco, se iba aclimatando. Ahora, por fin, se sabía muerta, y este hecho, difícil de aceptar en un principio, no le parecía, una vez asumido, demasiado grave. El panteón, por otra parte —*la casa,* decía ella—, era mucho más espacioso de lo que pudiera aparentar desde fuera, y, aunque no se iba a molestar en enumerarme las dependencias —le faltaban las palabras para nombrar lo que hasta hacía poco desconocía y, además, estaba casi segura de que yo no podría comprenderla—, me quería enterar únicamente de que había sitio de sobras. Para los que allí estaban y para los que sin duda algún día llegarían, cosa de la que no todas las moradas —«los panteones», convino enseguida como quien transa con alguien de otro país o de otro idioma— podían presumir. A ratos sin embargo se sentía aún confundida y triste. Era, tal como había presentido, un *volver a empezar,* y no todo el mundo parecía dispuesto a facilitar su integración, ni a ahorrarle trámites. Y entonces, como su rostro se ensombreciera por unos momentos, me atreví a sugerir:

—Los Miró Miró, acuérdate de los buenos de los Miró Miró. Tienen que estar por ahí, en *la casa...* Los padres de los padres de mi abuelo. Pídeles ayuda, consejo... ¿No te dije que los habían trasladado al panteón?

Los ojos de Clarisa, como en una recordada ocasión durante un ya lejano desayuno, me taladraron el rostro.

—Estás completamente equivocado —dijo al fin.

Y luego, para sí misma, sin abandonar el deje de desdén, pero como si se encontrara al tiempo muy cansada:

—Los Miró Miró son los peores.

Y tampoco esta vez supe qué decir. Pero no era ya la sorpresa, la indefensión ante un dato imprevisible e ilógico, la incapacidad de dejarme arrastrar por el mecanismo del sueño o rendirme a sus leyes, sino algo que estaba en los ojos repentinamente abatidos de Clarisa y que me relevaba desde aquel instante de mi inútil pretensión de consejero. La evidencia, en fin, de que desde mi mundo, yo no podía ayudarla en nada.

Así y todo insistí tercamente. No quería renunciar a nuestros encuentros, a lo único que me quedaba de Clarisa, y la sensación de que los acontecimientos allá en el panteón, en la morada, en la casa o en lo que fuera, se sucedían con impresionante rapidez, me hacía permanecer atento, en guardia, con la conciencia vigilante dentro del sueño, esperando el momento en que las sombras se decidieran a robarle el rostro a Clarisa, a remedar su voz, a hacerme creer que me hallaba de nuevo en su presencia, a recordarle que nunca estaría sola. Pero si hasta entonces no siempre había logrado el efecto deseado, cada vez me parecía más difícil conseguirlo. Y a menudo, revolviéndome inquieto en la cama, recordaba con nostalgia sus primeras apariciones, cuando era apenas una sombra llena de dudas y yo podía aún aconsejarla desde mi mundo. Porque entonces, con una sorprendente habilidad sobre la que no me hacía demasiadas preguntas, yo sabía cómo retenerla, aprisionarla, retomar el hilo del sueño una, dos, hasta varias veces en la misma noche. Bastaba con llamarla, pronunciar su nombre y ella, obediente, acudía a la cita. Pero ahora Clarisa hablaba con voz propia, o, lo que era peor, no parecía demasiado inclinada a hablar. Y había algo más. Otros sueños, otras imágenes, otros pensamientos que, desde hacía unos días, pugnaban por hacerse oír, por apartarme de mi objetivo, por robar protagonismo a todo lo que pudiera ocurrir allí, en el lugar donde habitaba Clarisa. Y así me veía a menudo poniendo el piso en venta, mudándome a un apartamento amueblado, marcando un número de teléfono, pidiéndole una cita al doctor, el mismo doctor que con tanto cariño había atendido a mi mujer hasta el último momento. Y después, una larga conversación entre el médico y yo al calor de la lumbre. Una chimenea encendida junto a la que mi interlocutor se servía un coñac. ¿Qué hacía yo en su biblioteca? ¿Qué era lo que le agradecía tan efusivamente? ¿Por qué llevaba un viejo maletín de cuero verde? ¿Por qué insistía en hablarle de la vida, de lo hermosa que era la vida y del deber que todos teníamos de disfrutarla, de apurarla a fondo? Ahora el esfuerzo era doble. Y el grito con que a menudo despertaba no era ya sólo una forma de invocar a Clarisa, sino de desprenderme de aquellas otras imágenes, por fortuna aún débiles, aún tímidas, de aquellas confusas llamadas a la razón, al orden, a todo lo que, en definitiva, me apartaba de mi propósito. Hasta que un día, cuando casi había perdido la esperanza, inesperadamente, se produjo el encuentro.

No puedo afirmar que desde el principio notara algo raro, pero sí que la visión de Clarisa, lejos de tranquilizarme, me inquietó. Estaba bella, espectacularmente bella. El abatimiento había desaparecido de su rostro y se la veía feliz, luminosa, evolucionando entre unas sombras que a ratos se interponían entre nosotros, alejaban su imagen, se erigían en una barrera que yo intentaba por todos los medios franquear. Me costó hacerme oír. «Clarisa», grité. «¿Estás bien?» La pregunta era absurda. Parecía evidente que Clarisa se sentía feliz.

—Sí —dijo al rato—. Claro que estoy bien.

Era una voz con eco. Una voz —se me ocurrió en el sueño— de *ultratumba*.

—¿Y los Miró Miró? —pregunté enseguida.

Ahora Clarisa me miraba con perplejidad. ¿O era cansancio? Al fin, como si recordara algo que había sucedido hacía mucho tiempo, algo por lo que sólo a un extraño, un forastero, pudiera interesar aún, suspiró.

—No tienes por qué preocuparte —dijo.

Pero ¿era eso una respuesta? ¿O una forma sutil de darme a entender lo que ya sabía? Clarisa no necesitaba mis consejos. Tampoco mis preguntas.

—Facción Miró Miró controlada —añadió sonriendo.

No me dio tiempo a felicitarla, a unirme a su alegría por lo que, según todas las apariencias, debía de ser una buena noticia. Enseguida aquella mueca, que yo había creído sonrisa, dejó paso a unas carcajadas sonoras, estridentes. Unas carcajadas que por unos instantes se mezclaron con el eco metálico de su voz y me produjeron un profundo desasosiego. ¿Me habría enamorado de Clarisa de saber, de sospechar siquiera, que era capaz de reír así?

Y aquí debería de haber puesto punto final a nuestros encuentros. Aprovechar la sorpresa dentro del sueño para despertar, irme antes de que me echaran, intentar concentrarme en mi trabajo, pasear, llamar de vez en cuando a un amigo, acudir a un potente somnífero que me obligara a descansar por las noches (¿era por eso que de nuevo me veía conversando con el doctor, hablándole de lo bella que era la vida, abriendo el maletín verde y entregándole un documento, viendo cómo, ligeramente confundido, se servía una buena ración de coñac y desaparecía por unos instantes tras la copa?), convencerme de que de las dos vidas que mantenía a diario sólo una era real. Pero la seguridad de que *la otra* podía esfumarse en cualquier momento me obligó a mantenerme con los ojos cerrados, expulsando cualquier imagen improcedente, acallando pensamientos inoportunos, deseando únicamente llegar hasta el final. «¡Debo llegar al final!», me dije. Y fue como si encerrara todo lo que me apartaba de mi objetivo en un paréntesis. Una bolsa que parecía hincharse por momentos, amenazaba con explotar, ocultar para siempre la escena en la que de nuevo se habían hecho las sombras. Pero disponía de un maletín. De pronto, como si recuperara la iniciativa en medio de una pesadilla embarullada, recordé que disponía de un maletín. Y ese pequeño hallazgo me devolvió por unos instantes la confianza en mí mismo, la convicción de que todavía podía alterar, cambiar, modificar el curso de los acontecimientos. De que existía un pequeño espacio dentro de mis sueños en el que se me permitía aún intervenir. Y el maletín además —o así lo decidí— contaba con un candado, un cierre de seguridad, una llave. Ahí lo metí todo. El doctor, la chimenea, el documento. Incluso el recuerdo del propio maletín al que hasta entonces no había encontrado utilidad alguna.

—Shhhhhhh... —oí de pronto.

Y, orgulloso de mi proeza, me sumergí en la oscuridad.

No quedaba nada. Ni siquiera el eco de las carcajadas de Clarisa. Pero al rato, aguzando el oído, me pareció percibir algunos susurros, ciertos bisbiseos, como si me hallara en el patio de butacas de un teatro, y los actores, no muy diestros desde luego, se aprestaran a ocupar sus puestos. Aunque tampoco era exactamente así, o, por lo menos, la impresión anterior no fue más allá de unos segundos. Enseguida me encontré dentro de un remolino de colores. Chirriantes, abigarrados. Un colorido —me atreví a opinar— de pésimo, redomado mal gusto, que, al poco, se fue concretando en formas, iluminando figuras que no pude menos que reconocer. Caballos alados, paisajes imposibles, planetas, estrellas, aves fabulosas. Los bordados destacaban con firmeza sobre un fondo oscuro y no tardé en comprender que se trataba de un manto, una capa, una prenda de fiesta que alguien colocaba ahora sobre los hombros de Clarisa. Ella estaba de espaldas, como en una sesión de pruebas en la casa de una modista sin espejos. Pero por el extremo izquierdo del manto asomó de pronto un pie. Un pie descalzo que acababa de aplastar la esfera de un reloj al que tampoco tuve ningún problema en identificar. Y después, cuando alcé la vista, cuando recorrí el manto y me detuve en el cabello de Clarisa, pude ver sus labios, su sonrisa. Porque en una mano alzada sostenía el estuche de lo que había sido un hermoso reloj y una superficie plateada devolvía el recuerdo de unos labios sonriendo de satisfacción.

La visión no duró más que unos segundos. Enseguida el manto se erigió entre nosotros como un telón, una aduana, un muro. Los colores fueron desvaneciéndose y yo, sospechando que nunca más se producirían estos encuentros, que me hallaba asistiendo a la última representación, intenté hablar, gritar, hacerme oír. Pero lo único que me devolvió aquel mundo de sombras fue una voz, una entonación cansina, una advertencia que me removió las entrañas, me llenó de un sudor frío y me hizo permanecer incorporado en el lecho quién sabe durante cuántas horas.

—Hijo, por favor, no insistas. ¿No ves que Clarisa está ocupada?

Al cabo de una semana me mudé a un apartamento amueblado, puse el piso en venta y telefoneé al doctor pidiéndole una cita. «Es un asunto privado», precisé. El doctor me recibió en su casa, en la biblioteca, junto a una chimenea encendida. Le conté que me había mudado a un apartamento amueblado y había decidido vender mi piso. El me escuchó con atención. «Seguramente ha hecho usted bien», dijo al fin. «Su casa debe de estar llena de recuerdos.» Habían transcurrido ya tres meses desde que lo viera por última vez, respetuosamente inclinado sobre la cabecera de la cama, y su dedicación de entonces unida a la cariñosa acogida que ahora me dispensaba me animaron a proseguir.

Abrí el portafolios y le mostré algunos papeles. Uno era el borrador de mi testamento. Me encontraba bien de salud, no tenía por qué alarmarse, pero había decidido mostrarme precavido y repartir mis bienes entre personas de mi absoluta confianza y respeto. A él, además, le designaba primer albacea. Después le entregué una cuartilla. La redacción era escueta, tajante, clara, aunque tal vez, en su calidad de médico, no necesitara de semejante autorización. Yo, por mi parte, llevaría siempre una copia encima. Se trataba de un favor, un deseo. Debería ser él y sólo él la última persona en per-

manecer a mi lado en el día inevitable. Y enseguida abrí un maletín en el que el médico no había reparado, saqué algunos objetos y, evitando cualquier solemnidad, intentando dotar a mi entrega de la naturalidad más cotidiana, los deposité sobre la mesa. Una jícara de loza, un salero de plata, agua de lavanda, un camisón de seda, un retal malva en el que se apreciaban algunas manchas, una pequeña rasgadura.
—Eran de Clarisa —añadí.
El levantó los ojos de la cuartilla. Miró los objetos. Volvió sobre el escrito y finalmente se detuvo en mí.
—Un acto de amor, claro —balbuceó ligeramente confundido.
—Sí —mentí yo—. Una promesa. Un símbolo.
Y tal vez me mostré demasiado cordial, demasiado festivo. Quizá me delaté no tanto en lo que dije como en lo que no dije. Porque evité cuidadosamente referirme al panteón, al más allá, pero en cambio me extendí con generosidad en las delicias de la vida, lo hermosa que podía ser la vida y el deber que teníamos todos de apurarla a fondo. Y después, cuando le arranqué el juramento (que era en definitiva lo que me había llevado hasta allí) y nos estrechamos la mano, en un apretón firme, contundente, me pareció que el doctor —que desaparecía ahora dentro de una copa de coñac— no había accedido a mi solicitud por bondad, respeto, por comprensión ante un homenaje, un rito, ante

la extravagancia excusable de un viudo desconsolado, sino que había penetrado de lleno en mi obsesión, mi pesadilla, mi suplicio.

Pero ¿todavía se podía hablar de pesadilla, de suplicio? Acababa de servirme un coñac (mi anfitrión, curiosamente, había descuidado este detalle) y, al llevarme la copa a los labios —una copa desmesurada, llena hasta el borde—, me di cuenta de que aquel acto era el primero que se apartaba del guión, de esas llamadas, sueños dentro de sueños, que me habían indicado el camino a seguir y al que el médico se había adherido desde el principio con una exactitud y precisión casi milagrosas. Porque de pronto el líquido ámbar, rojizo, en el que me había sumergido, el contorno de la copa que sujetaba con las dos manos, sí se me antojó un paréntesis, un cáliz en el que encerraba a Clarisa y sus carcajadas, aquellas risas de las que ya conocía el secreto y ahora me permitía devolverle en silencio, imaginando multitud de combinaciones, de posibilidades, reviviendo sus días en la facultad cuando todos le augurábamos un futuro espléndido, convirtiéndose de la noche a la mañana en una esposa ejemplar, admirándome, en fin, de mi intuición, de la del juez amigo, de la de cualquiera de los invitados a nuestra boda. «Clarisa conseguirá cuanto se proponga.»

Aguardé con mi copa en la mano a que el doctor diera buena cuenta de la suya. Fue un extraño brindis de copas vacías. Un brindis silencioso, sin homenajes ni discursos. Porque era como si en el aire flotara un epitafio, una sentencia: «Nada es definitivo, ni tan siquiera en la eternidad». O, dicho de otra forma: Clarisa había encontrado *su* lugar. Bien. Pero yo, desde ahora, estaba haciendo lo posible por asegurar el mío.

Ausencia

Te sientes a gusto aquí. Estás en un café antiguo, de veladores de mármol y camareros decrépitos, apurando un helado, viendo pasar a la gente a través del cristal de la ventana, mirando de vez en cuando el vetusto reloj de pared. Las once menos cuarto, las once, las once y diez. Hasta que de pronto —y no puedes explicarte cómo ha podido ocurrir— sólo sabes que estás en un café antiguo, apurando un helado, viendo pasar a la gente a través de los cristales y mirando de vez en cuando hacia el reloj de pared. «¿Qué hago yo aquí?», te sorprendes pensando. Pero un sudor frío te hace notar que la pregunta es absurda, encubridora, falsa. Porque lo que menos importa en este momento es recordar lo que estás haciendo allí, sino algo mucho más sencillo. Saber *quién* eres tú.

Tú eres una mujer. De eso estás segura. Lo sabes antes de ladearte ligeramente y contemplar tu imagen reflejada en la luna desgastada de un espejo con el anuncio de un coñac francés. El rostro no te resulta ajeno, tampoco familiar. Es un rostro que te mira asombrado, confuso, pero también un rostro obediente, dispuesto a parpadear, a fruncir el ceño, a dejarse acariciar las mejillas con sólo que tú frunzas el ceño, parpadees o te pases, no muy segura aún, una mano por la mejilla. Recuperas tu posición erguida junto al velador de mármol y abres el bolso. Pero ¿se trata de tu bolso? Miras a tu alrededor. Habrá sólo unas cuatro o cinco mesas ocupadas que un par de camareros atiende con una mezcla de ceremonia y desgana. El café, de pronto, te recuerda un vagón restaurante de un expreso, pero no te paras a pensar qué puedes saber tú de vagones restaurantes o de expresos. Vuelves al bolso. El color del cuero hace juego con los zapatos. Luego, es tuyo. Y la gabardina, que reposa en la silla de al lado, también, en buena lógica, debe de ser tuya. Un papel arrugado, junto a la copa del helado y en el que se leen unos números borrosos, te indica que ya has abonado la consumición. El detalle te tranquiliza. Hurgas en el bolso y das con un neceser en el que se apiñan lápices de labios, colorete, un cigarrillo deshecho... «Soy desordenada», te dices. Abres un estuche plateado y te empolvas la nariz. Ahora tu rostro, desde el minúsculo espejo, aparece más relajado, pero, curiosamente, te has quedado detenida en la expresión «empolvarse la nariz». Te suena ridícula, anticuada, absurda. Cierras el neceser y te haces con la cartera. Ha llegado el momento definitivo, y a punto estás de llamar al camarero y pedirle un trago fuerte. Pero no te atreves. ¿Hablarán tu idioma? O mejor: ¿cuál es tu idioma? ¿Cómo podrías afirmar que la luna del espejo en que te has mirado por primera vez anuncia un coñac francés? Algo, dentro de ti, te avisa de que estás equivocando el camino. No debes preguntarte más que lo esencial. Estás en un café —no importa averiguar ahora cómo sabes que esto es un café—, has tomado un helado, el reloj marca las once y diez, y no tienes la menor idea de quién puedas ser tú. En estos casos —porque de repente te parece como si estuvieras preparada para «estos casos»— lo mejor, decides, es no perder la calma. Aspiras profundamente y abres la cartera.

Lo primero que encuentras es una tarjeta de crédito a nombre de Elena Vila Gastón. El nombre no te resulta extraño, tampoco familiar. Después un carnet de identidad con una foto que se te parece. El documento ha sido expedido en el 87 y caduca diez años más tarde. ¿Qué edad tendrás tú? Y también: ¿en qué año estamos? ¿Qué día es hoy? En uno de los ángulos del café observas unas estanterías con periódicos y allí te diriges decidida. Hay diarios en varios idiomas. Sin hacerte demasiadas preguntas escoges dos al azar. El día varía, pero no el año. 1993. Regresas a tu velador junto a la ventana, cotejas fechas y calculas. «Nacida en el 56. Luego, treinta y siete años.» De nuevo una voz te pregunta cómo es que sabes contar y no te has olvidado de los números. Pero no le prestas atención —no debes hacerlo— y sigues buscando. En la cartera hay además algún dinero y otro carnet con el número de socia de un club de gimnasia, de nuevo una dirección y un teléfono. Al principio no caes en la cuenta de la importancia que significa tener tu propio número de teléfono. Te has quedado sorprendida de que te guste la gimnasia y también con la extraña sensación de que a este nombre que aparece por tercera vez, Elena Vila Gastón, le falta algo. «Helena», piensas, «sí, me gustaría mucho más llamarme Helena.» Y entonces recuerdas —pero no te detienes a meditar si «recordar» es el término adecuado— un juego, un entretenimiento, una habilidad antigua. De pequeña solías *ver* las palabras, los nombres, las frases. Las palabras tenían color. Unas brillaban más que otras, algunas, muy pocas, aparecían adornadas con ribetes, con orlas. Elena era de un color claro, luminoso. Pero Helena brillaba todavía más y tenía ribetes. Como Ausencia. De pronto ves escrita la palabra «ausencia». La letra es picuda y está ligeramente inclinada hacia la derecha. «Ausencia», te dices. «Eso es lo que me está ocurriendo. Sufro una ausencia.» Y por un buen rato sigues con el juego. Café es marrón, Amalia, rojo, Alfonso, gris-plomo, mesa, entre beige y amarillo. Intentas recordarte a ti, de pequeña, pero sólo alcanzas a ver la palabra «pequeña», muy al fondo, en colores desvaídos y letras borrosas. Repites Amalia, Alfonso... Y, por un instante, crees que estos nombres significan algo.

Mecánicamente miras otra vez la foto del carnet de identidad y la comparas con la imagen que te devuelve el espejito del estuche plateado. Relees: «Nacida en Barcelona, 28 de mayo de 1956, hija de Alfonso y Amalia...». ¿Estás empezando a recordar? ¿O Alfonso y Amalia, a los que al principio no habías prestado atención, se han metido ahora en tu pensamiento y se trata tan sólo de un recuerdo inmediato, de hace apenas unos segundos? Murmuras en voz baja: «Alfonso Vila, Amalia Gastón...». Y entonces, de nuevo, te pones a sudar. «Estás perdida», te parece escuchar. «Ausente.» Sí, te hallas perdida y ausente, pero —y aquí sientes de pronto, un conato de esperanza—, dispones de un teléfono. *Tu* teléfono.

—¿Se encuentra bien? ¿Le ocurre algo?

Ahora te das cuenta de que las mesas han dejado de bailotear y la voz del camarero ha logrado abrirse paso a través de un zumbido. Niegas con la cabeza. Sonríes. Ignoras lo que ha podido ocurrir, pero no te importa.

—No es nada. Me he mareado un poco. Enseguida estaré bien.

Te has quedado admirada escuchando tu voz. En la vida, en tu vida normal, sea cual sea, debes de ser una mujer de recursos. Tus palabras han sonado amables, firmes, tranquilizadoras.

—Aún no es tiempo de helados —añade el camarero contemplando la copa. Es un hombre mayor, casi un anciano—. Los helados para el verano y un cafecito caliente para el invierno.

Le dices que tiene razón, pero sólo piensas: «Estamos en invierno. En invierno». Te incorporas, coges la gabardina y el bolso, y preguntas dónde está el servicio.

La encargada de los lavabos no se encuentra allí. Observas aliviada una mesa recubierta con un tapete blanco, un cenicero vacío, un platito con algunas monedas, un teléfono. Te mojas la cara y murmuras: «Elena». Es la cuarta vez que te contemplas ante un espejo y quizá, sólo por eso, aquel rostro empieza a resultarte familiar. «Elena», en cambio, te sigue pareciendo corto, incompleto, inacabado. Te pones la gabardina y te miras de nuevo. Es una prenda de buen corte forrada de seda, muy agradable al tacto. «Debo de ser rica», te dices. «O por lo menos tengo gusto. O quizás acabo de robar la gabardina en una tienda de lujo.» La palabra «robar» se te aparece color plomo con tintes verduscos, pero casi enseguida deja paso a «número». Número es marrón —como «teléfono», como «café»—, pero si dices «mi número», el *mi* se te revela blanco, esperanzador, poderoso. Buscas unas monedas, descuelgas el auricular y sabes que, como nada sabes, debes obrar con cautela.

Puedes impostar la voz, preguntar por Elena Vila Gastón, inventar cualquier cosa a la hora de identificarte. «Ha salido. Volverá a las diez de la noche. Está en el trabajo...» Prestarás especial atención al tono empleado. ¿Cotidianeidad? ¿Sorpresa?

¿Alarma? Tal vez quien descuelgue el auricular sea un niño (¿tienes tú hijos?), un adolescente, un hombre (¿estás casada?), una chica de servicio. Eso sería lo mejor. Una chica de servicio. Te presentarás como una prima, una amiga de infancia, la directora de una empresa. No hará falta precisar de cuál. Un nombre extranjero, dicho de corrido. Insistirás en que es importante localizar a Elena. Urgente. Y si escuchas: «Ya no vive aquí. Se mudó hace tiempo», te interesarás por los datos del nuevo domicilio. O quizá —pero eso sería horroroso—: «Falleció hace diez años». O también: «Sí, enseguida se pone, ¿quién la llama?». Porque ahora, aunque empieces a sentirte segura de tu aspecto, no lo estás aún de tu identidad. Elena Vila, murmuras. Y, sintiendo de nuevo el sudor frío, marcas el número, cuelgas, vuelves a componerlo y tienes que jurarte a ti misma, seas quien seas, que no vas a acobardarte ante la primera pista de peso que te ofrece el destino. Además —y eso probablemente te infunde valor— el teléfono garantiza tu invisibilidad. Aprietas la nariz con dos dedos y ensayas: «Oiga».

El tercer timbre se corta con un clic metálico seguido de un silencio. No tienes tiempo de pensar en nada. A los pocos segundos una voz femenina, pausada, modulada, vocalizando como una locutora profesional, repite el número que acabas de marcar, ruega que al escuchar la señal dejes tu mensaje, y añade: «Gracias». Te quedas un rato aún con el auricular en la mano. Después cuelgas, vuelves a mojarte la cara frente al espejo y sales. El camarero, partidario de los cafés en invierno y los helados en verano, te alcanza cojeando en la puerta de la calle: «Se deja usted algo», dice. Y te tiende una revista. «Estaba a los pies de la silla. Se le debe de haber caído al levantarse.» La coges como una autómata y musitas: «Gracias». Pero no estás pensando en si aquella revista es tuya, en el pequeño olvido, sino en la mujer del teléfono. «Gracias», repites. Y ahora tu voz suena débil, sin fuerzas. Tal vez te llames Elena Vila Gastón, pero cuán distinta a la Elena Vila Gastón —si es que era ella— que con una seguridad implacable te acaba de ordenar: «Deje su mensaje».

Andas unos cien metros, te detienes ante una iglesia y entras. No te paras a pensar cómo sabes tú que aquello es una iglesia. Como antes, en el café, no quieres preguntarte más que lo esencial. Estás en una iglesia, no te cuesta ningún esfuerzo reconocer los rostros de los santos, y aunque sigas sin tener la menor idea de quién eres tú, piensas, tal vez sólo para tranquilizarte, que lo que te ocurre es grave, pero que todavía podría ser peor. Te sientas en uno de los bancos y te imaginas consternada, a ti, a Elena Vila, por ejemplo, sabiendo perfectamente que tú eres Elena Vila, pero sin reconocer apenas nada de tu entorno. Contemplando aterrorizada imágenes sangrientas, cruces, clavos, coronas de espinas, cuerpos yacentes, sepulcros, monjas o frailes —pero Elena no sabría siquiera lo que es una monja, lo que es un fraile— en actitud suplicante, con los ojos en blanco, señalando estigmas y llagas con una mano, mostrando en la otra la palma del martirio —tampoco Elena sabría lo que es martirio—. Pero todo esto no es más que un absurdo. Algo que tan sólo podría sucederle a un habitante de otra galaxia, a un salvaje traído directamente de la selva. Pero no a ti. Sabes perfectamente quiénes son, por qué están ahí. Y no sientes miedo. Por eso te levantas del asiento y, amparada en la penumbra, te acercas hasta un confesionario y esperas a que una anciana arrodillada termine con la relación de sus pecados. Tú también te arrodillas. Dices: «Ave María Purísima» y te quedas un momento en silencio. Ignoras si esta fórmula que automáticamente han pronunciado tus labios sigue vigente. Adivinas entonces que hace mucho que no te arrodillas en un confesionario y, por un instante, te ves de pequeña, consigues verte de pequeña. Ya no es la palabra —brillante, con ribetes—, sino tú misma hace treinta, quizá más años. «He dicho mentiras. Me he peleado con mis hermanas...» El sacerdote debe de ser sordo, o ciego. O tal vez hace como que escucha y su mente está perdida en un lugar lejano. Pero necesitas hablar, escuchar tu voz, y a falta de una lista de pecados más acorde con tu edad, los inventas. Has cometido adulterio. Una, dos, hasta quince veces. Has atracado un banco. Has robado en una tienda la gabardina forrada de seda. Hablas despacio, preguntándote en secreto si no estarás dando rienda suelta a un montón de deseos ocultos. Pero tu voz, lenta, pausada, te recuerda de repente a la de una locutora profesional, a la de una actriz. Y entonces lo haces. Recitas un número cualquiera, luego otro y otro. Después, cuando dices: «Deje su mensaje al escuchar la señal. Gracias», no te cabe ya la menor duda de que tú eres la mujer que antes ha respondido al teléfono. Abandonas el confesionario precipitadamente, sin molestarte en mirar hacia atrás y comprobar si el sacerdote es realmente sordo o ciego. O ahora, asomado entre las cortinas de la portezuela, observa consternado tu carrera.

El aire de la calle te hace bien. El reloj de la iglesia marca las once y diez. Pero ¿es posible que sigan siendo las once y diez? Una amable transeúnte observa tu confusión, mira hacia lo alto, menea la cabeza y te informa de que el reloj de la iglesia no funciona desde hace años. «Son las tres», añade. Es agradable que alguien te hable con tanta naturalidad, a ti, la más desconocida de las desconocidas. Avanzas unos pasos y, con inesperada felicidad, te detienes ante un rótulo. El nombre de la calle en la que te encuentras coincide felizmente con el que figura en el carnet de identidad, en el de socia de un club de gimnasia. «Tengo que ser valiente», te dices. «Seguro que Elena Vila es una mujer valiente.»

Las tres de la tarde es una hora buena, discreta. Supones que los porteros —si es que el edificio cuenta con porteros— estarán encerrados en su vivienda, almorzando, escuchando las noticias frente a un televisor, ajenos a quien entre o salga del portal de la casa. En tu tarjeta de socia de un club se indica que vives en el ático. Piensas: «Me gusta vivir en un ático». El espejo del ascensor te devuelve esa cara con la que ya te has familiarizado y que ocultas ahora tras unas oportunas gafas oscuras que encuentras en el bolso. Sí, prefieres vivir en un ático que en cualquier otro piso. Pero, en realidad, ¿eres tan valiente? ¿Es Elena tan valiente?

No, no lo eres. Al llegar a tu destino y enfrentarte a una puerta de madera, empiezas a temblar, a dudar, a plantearte un montón de posibilidades, todas contradictorias, alarmantes. Tu mente trabaja a un ritmo vertiginoso. Una voz benigna, que surge de dentro, intenta tranquilizarte. En los ojos de la persona que te abra (recuerda: ella no puede ver los tuyos), en su familiaridad, en el saludo, tal vez en su sorpresa, podrás leerte a ti misma, saber el tiempo que llevas vagando por las calles, lo inhabitual o lo cotidiano de tus ausencias. Una segunda voz te intranquiliza. Te estás metiendo en la boca del lobo. Porque, ¿quién eres tú? ¿No hubiera sido mejor ponerte en manos de un médico, acudir a un hospital, pedir ayuda al sacerdote? Has llamado seis veces y nadie responde. No tardas en dar con el llavero y abrir. Después de un titubeo, unos instantes en los que intentas darte ánimos, te detienes. ¿Qué vas a encontrar aquí? ¿No será precisamente *lo que hay aquí* la causa de tu huida, lo que no deseas recordar por nada del mundo?

A punto estás de abandonar, de correr escaleras abajo, de refugiarte en la ignorancia, en la desmemoria. Pero has empujado la puerta, y la visión del ático soleado te tranquiliza. Recorres las habitaciones una a una. El desorden del dormitorio te recuerda al de tu neceser. El salón tiene algo de tu gabardina, la prenda de buen corte que ahora, en un gesto impensado, abandonas indolentemente sobre un sofá. Te sientes a gusto en la casa. La recorres como si la conocieras. En la mesa de la cocina encuentras los restos de un desayuno. El pan es blando —del día—, y no tienes más que recalentar el café. Por un momento todo te parece un sueño. ¡Cómo te gustaría ser Elena Vila, vivir en aquel ático, tener el rostro que te devuelven los espejos, desayunar como ella está haciendo ahora, a las tres y media de la tarde, en una cocina llena de sol!

Eres Elena Vila Gastón. Sabes dónde se encuentran los quesos, el azúcar, la mermelada. No dudas al abrir los cajones de los cubiertos, de los manteles, de los trapos. Algunas fotografías enmarcadas te devuelven tu imagen. Algo más joven. Una imagen que no te complace tanto como la que se refleja en el espejo del baño, en el del salón, en el del dormitorio. Al cabo de varias horas ya sabes mucho sobre ti misma. Has abierto armarios, álbumes de fotografías, te has sentado en la mesa del estudio. Eres Elena —¿por qué antes hubieras preferido Helena?—, tienes treinta y siete años, vives en un ático espacioso, soleado... Y no vives sola. En el álbum aparece constantemente un hombre. Se llama Jorge. Sabes inmediatamente que se llama así, como si de pronto las fotografías que ahora recorres ansiosa tuvieran una leyenda, una nota al pie, un título. Reconoces países, situaciones. Te detienes ante un grupo sonriente en la mesa de un restaurante y adivinas que aquella cena resultó increíblemente larga y tediosa. Pero sobre todo te detienes en Jorge. A Jorge le pasa como a ti. Está mejor en las fotos recientes que en las antiguas. Sientes algo especial cada vez que das con su imagen. Como cuando abres un armario y acaricias su ropa. En los álbumes no hay fotos de boda. Pero ¿podrías imaginarte a ti, diez, quince años atrás, con un traje de boda? No, decides. Yo no me he casado, y si lo he hecho no ha sido vestida de blanco. «Me horrorizaría haberme casado de blanco.» Pero ya no estás imaginando, suponiendo. Desde hace un buen rato —desde el mismo momento, quizás, en que te desprendiste de la gabardina, sin darte cuenta, como si estuvieras en tu casa, como quien, después de un día agitado, regresa al fin a su casa—, es tu propia mente la que se empeña en disfrazar de descubrimiento lo que ya sabes, lo que vas reconociendo poco a poco. Porque hay algo hermoso en este reencuentro, algo a lo que te gustaría aferrarte, suspender en el tiempo, prolongar. Pero también está el recuerdo de un malestar que ahora se entrecruza con tu felicidad, y que de forma inconsciente arrinconas, retrasas, temes.

En el contestador hay varias llamadas. Una es un silencio que reconoces tuyo, al otro lado del teléfono, en los lavabos de un bar, cuando no eras más que una desconocida. Otra es del trabajo. De la redacción. De la misma revista que esta mañana te ha devuelto el camarero —aquel pobre hombre, tan mayor, tan cansado: «Se deja usted algo»— y a la que tú, enfrascada en otros olvidos, ni siquiera has prestado atención. La última es de Jorge. «Helena», dice —o a ti, por lo menos, te ha parecido escuchar «Helena»—. Jorge llegará mañana por la noche, y aunque, en aquel momento, te gustaría que fuera ya mañana, decides que es mucho mejor así. Hasta en esto has tenido suerte. Estabas disgustada, por tonterías, por nimiedades, como siempre que emprende un viaje y llega más tarde de lo prometido... O tal vez, simplemente, como siempre. Porque había algo más. El malestar que ya no tenía que ver sólo con Jorge, sino con tu trabajo, con tu casa, contigo misma. Una insatisfacción perenne, un desasosiego absurdo con los que has estado conviviendo durante años y años. Quizá gran parte de tu vida. «Vila Gastón», oyes de pronto. «Siempre en la luna... ¿Por qué no atiende a la clase?» Pero no hace falta remontarse a recuerdos tan antiguos. «Es inútil» —y ahora es la voz de Jorge hace apenas unas semanas—. «Se diría que sólo eres feliz donde no estás...» Y entonces comprendes que eres una mujer afortunada. «Bendita Ausencia», murmuras. Porque todo se lo debes a esa oportuna, deliciosa, inexplicable ausencia. Esas horas que te han hecho salir de ti misma y regresar, como si no te conocieras, como si te vieras por primera vez.

La mesa de trabajo está llena de proyectos, dibujos, esbozos. Coges un papel cualquiera y escribes «Ausencia» con letra picuda, ligeramente inclinada hacia la derecha. Con ayuda de un rotulador la rodeas de un aura. Nunca te desprenderás del papel, lo llevarás en la cartera allí a donde vayas. Lo doblas cuidadosamente y, al hacerlo, te das cuenta de que el azar no existe. Porque entre todas las posibilidades has ido a elegir precisamente un papel de aguas. Miras las virutas: grises, marrones, violáceas. Así estabas tú, en un mar de olas grises, marrones, violáceas, sobre el que navega ahora tu tabla de salvación. *Ausencia.* Te notas cansada, agotada, la noche ha caído ya, mañana te espera una jornada apretada. Pero en el fondo te sientes como una recién nacida que no hace más que felicitarse por su suerte. Cuando por fin te metes en la cama, es tarde, muy tarde, estás exhausta y ya casi te has acostumbrado a tu felicidad.

El despertador interrumpe un crucero por aguas transparentes, cálidas, apacibles. Remoloneas un rato más en la cama. Sólo un rato. Te encuentras aún en la cubierta de un barco, tumbada en una hamaca, enumerando todo lo que debes hacer hoy, martes, día de montaje, como si engañaras al sueño, como si ganaras tiempo desde el propio sueño. Siempre te ocurre igual. Pero las manecillas del reloj siguen implacables su curso y, como casi todas las mañanas, te sorprendes de que esos instantes que creías ganados no sean más que minutos perdidos. En la mesilla de noche una pequeña agenda de cuero verde te recuerda tus obligaciones. «A las nueve montaje»; «Por la noche aeropuerto: Jorge». Pasas por la ducha como una exhalación, te vistes apresuradamente y, ya en la calle, te das cuenta de que el día ha amanecido gris, el cielo presagia lluvia y únicamente para el reloj de la iglesia la vida sigue empecinadamente detenida a las once y diez. Como cada día. Aunque hoy, te dices, no es como cada día. Estás muy dormida aún, inexplicablemente dormida. Pero también tranquila, alegre. Por la noche irás al aeropuerto. Hace ya muchos años que no acudes al aeropuerto a buscar a Jorge. Te paras en un quiosco y compras el periódico, como todas las mañanas. Pero ¿por qué lo has hecho hoy si esta mañana no tiene nada que ver con la rutina de otras mañanas? Tienes prisa, no dispondrás de un rato libre hasta la noche, ni tan siquiera te apetecerá ojearlo en el aeropuerto. No encuentras monedas y abres la cartera. A las quiosqueras nunca les ha gustado que les paguen con billetes de mil y la que ahora te mira con la palma de la mano abierta no parece de humor. Terminas por dar con lo que buscas, pero también con un papel doblado, cuidadosamente doblado.

La visión de «Ausencia» te llena de un inesperado bienestar. Cierras los ojos. Ausencia es blanca, brillante, con ribetes. Como Helena, como aeropuerto, como nave... «Yo misma escribí esta palabra sobre este papel de aguas. Antes de meterme en la cama, antes de soñar.» El trazo de las letras se te antoja deliciosamente infantil («infantil» es azulado. No podrías precisar más: azulado) y por unos instantes te gustaría ser niña, no tener que madrugar, que ir al trabajo. Aunque ¿no era precisamente este trabajo con el que soñabas de niña? Sí, pero también soñabas con viajar. Embarcarte en un crucero como el de esta noche. ¡Qué bien te sentaría ahora tumbarte en una hamaca y dejar pasar indolentemente las horas, saboreando refrescos, zumos exóticos, helados! Piensas «helado», pero ya has llegado a la redacción, llamas a tu ayudante y pides un café. «Estamos en invierno. Los helados para el verano, el café para el invierno.» Y miras a la chica con simpatía. Ella se sorprende. Tal vez no la has mirado nunca con simpatía. Aunque en realidad te estás mirando a ti, a un remolino de frases que se abren paso en tu mente aún soñolienta. Sonríes, abres la agenda y tachas «A las nueve montaje». La chica se ha quedado parada. Junto a la puerta. Dudando si tras tu sonrisa se esconde una nueva petición, una

orden. «Café», repites. «Un café doble.» Pero de repente su inmovilidad te contraría. Tú con un montón de trabajo, con cantidad de sensaciones que no logras ordenar, y ella inmóvil, ensimismada junto a la puerta. «¿Todavía estás ahí?» La ayudante ya ha reaccionado. Tu voz ha sonado áspera, apremiante, distanciándote del remolino de pensamientos y voces en que te habías perdido hace un rato. «Perdida», dices. Pero la palabra no tiene color. Como tampoco lo que hay escrito dentro de ese papel de aguas que ahora vuelves a desdoblar y extiendes sobre la mesa. Virutas grises, marrones, violáceas...
    Reclamas unos textos, protestas ante unas fotografías. Estás de malhumor. Pero nadie en la redacción parece darse cuenta. Ni siquiera tú misma. Tal vez sea siempre así. Tal vez tú, Elena Vila Gastón, seas siempre así. Constantemente disgustada. Deseando ser otra en otro lugar. Sin apreciar lo que tienes por lo que ensueñas. Ausente, una eterna e irremediable ausente que ahora vuelve sobre la agenda y tacha «Por la noche aeropuerto: Jorge». ¡Qué estupidez! ¿En qué estarías pensando? ¿Cómo se te pudo ocurrir? Porque si algo tienes claro en esta mañana en la que te cuesta tanto despertar, en la que a ratos te parece navegar aún por los trópicos tumbada en una hamaca, es que tu vida ha sido siempre gris, marrón, violácea, y que el día que ahora empieza no es sino otro día más. Un día como tantos. Un día exactamente igual que otros tantos.

Con Agatha en Estambul

Cada año, en cuanto se acercaban ciertas fechas, Julio decía lo mismo: «Las próximas navidades las pasaré en un lugar donde no se celebren las navidades». Esta vez le tomé la palabra. Fue un acto impensado, espontáneo, una decisión que todavía me asombra. Me había detenido frente a una agencia de viajes, miraba los anuncios del escaparate, cuando, casi sin darme cuenta, abrí la puerta, entré y pedí dos billetes para Estambul. La empleada me sugirió que cerrara la vuelta. «Hay una oferta muy especial», dijo. «No incluye hotel. Pero es muy ventajosa. De diez a quince días.» Tampoco lo pensé dos veces. «Quince.» Era un lunes por la mañana de un frío mes de diciembre. Al día siguiente, por la tarde, incrédulos aún, aterrizábamos en el aeropuerto de Yesilkoy.

—Tengo la sensación de que van a pasarnos cosas —dije.

La niebla había acudido a recibirnos hasta la misma puerta del avión y en el aeropuerto, lleno de gente, se respiraba un extraño silencio. Miré a mi alrededor. Todo de pronto me parecía imposible, irreal. No hacía ni veinticuatro horas que frente a una maleta vacía me había preguntado: «¿Hará mucho frío en Estambul?». Y, mientras acomodaba jerseys, bufandas, pantalones, una falda larga (por si acaso), un par de gorros y unos cuantos libros, fue como si, al tiempo, ordenara las imágenes de una ciudad que no conocía. Santa Sofía, la Mezquita Azul, el Gran Bazar... Pero ahora estábamos allí. Con nuestros equipajes en el maletero de un taxi, Julio encogiéndose de hombros e indicando al chófer: «Pera Palas», y yo cruzando disimuladamente los dedos. «Ojalá haya sitio. Precisamente allí. A la primera. En el Pera Palas.»

No habíamos reservado hotel, y este detalle —al que en Barcelona, ocupada en mi maleta, apenas había concedido importancia— me devolvía de pronto a tiempos olvidados. Tiempos queridos, tiempos muy lejanos. Durante el trayecto pensé un buen rato en aquellos tiempos. Reservar hotel no entraba en nuestro vocabulario. Es más, lo hubiéramos considerado una renuncia, un despropósito, un auténtico disparate. Optar por un barrio determinado y desconocido en perjuicio de otros también desconocidos y seguramente fascinantes. Pero ahora, ya en Estambul, observando la ciudad a través de unos cristales empañados, no sentía la menor ilusión por revivir aquellos tiempos. Mis cuarenta años, ateridos de frío, me hacían notar que quedaban lejos, muy lejos. En otras épocas. En su sitio. Volví a cruzar los dedos. ¿Habría *sitio* en el Pera

Palas? Había. Y pronto, con esa ingratitud que mostramos los humanos para con la suerte, me olvidé del momento de duda en el interior del taxi y todo me pareció normal, previsible, lógico. Estábamos en temporada baja, el mal tiempo había asustado a los posibles turistas y la calefacción, además, funcionaba a tope. Al llegar a nuestro cuarto, en el tercer piso, y comprobar que nos habían asignado la «habitación Sarah Bernhardt», me acordé de Agatha.
—He leído en algún sitio que Agatha Christie se alojó aquí.
Julio había abierto el balcón y parecía contemplar fascinado el Cuerno de Oro. Me acerqué. No se veía absolutamente nada. «Mañana», dijo, «con un poco de suerte, la niebla habrá desaparecido.»
Al día siguiente —y al otro, y también al otro— la niebla siguió señoreándose de la ciudad. El efecto era curioso. Cruzábamos casi a ciegas el Puente de Galata, distinguíamos las siluetas de mezquitas, iglesias, palacios, aunque sólo después, cuando nos hallábamos en su interior, sabíamos que se trataba realmente de mezquitas, iglesias, palacios. La ciudad parecía empeñada en mostrársenos a trozos. Un Estambul de interiores, iluminados, llenos de vida, en un escenario de sombras. Estaba fascinada. Se lo comenté a Julio en el café del Gran Bazar. El, que siempre había detestado la niebla, me sonrió detrás de un periódico. «Espera a mañana. El *Dayly News* anuncia buen tiempo.» Y fue entonces cuan-

do, a un gesto nuestro, el camarero se acercó a la mesa, yo dije «*Iki kahve ve maden suyu, lütfen*», el hombre sonrió y Julio enmudeció de la sorpresa. «Bueno», oí al cabo de unos segundos. «¿Esta es una de las cosas que iban a suceder? ¿Desde cuándo hablas turco?» Me encogí de hombros. Sencillamente, no lo sabía.

El cuarto día, en contra de todo pronóstico, amaneció tan fantasmagórico como los anteriores. No puedo decir que me disgustara, todo lo contrario. Estaba asomada al balcón mirando hacia el Cuerno de Oro y sin distinguir apenas nada que pudiera recordar el Cuerno de Oro. Pero, al tiempo, podía verlo. Tantas fotografías, tantas postales, tantas películas. De pronto me asaltó una sospecha de la que no podría hablar en voz alta sin sentir un asomo de bochorno. ¿Existía Estambul? La sensación de irrealidad que me había embargado en el aeropuerto, nada más bajar del avión, no había hecho en aquellos días sino acrecentarse. Pero ahora ¿estaba yo realmente allí? O mejor: ¿qué era *allí*? A mis espaldas unos cuantos grabados reproducían retazos de aquella ciudad que se negaba a mostrarse en conjunto. El Gran Bazar, el Harem de Topkapi, Santa Sofía. Un texto, redactado en un curioso inglés, aparecía enmarcado junto a la entrada del baño con la lista de historias que jalonaban la vida del hotel. Huéspedes ilustres (Agatha Christie, Sarah Bernhardt, Mata Hari, el propio Ataturk), crímenes, atentados, una bomba que estalló en el vestíbulo en el año 1941 y de la que todavía se podían apreciar las huellas. Me gustó imaginar por unos instantes que la explosión no había sido tan anecdótica como allí se decía y que la ciudad, que aún me empeñaba en escudriñar asomada al balcón, tal vez no existía, había sido víctima de un bombardeo, un desastre, un terremoto, una destrucción completa, y únicamente algunos escenarios, más testarudos que otros, apurando al extremo las leyes de la inercia, desafiando los cómputos del tiempo, se resistían a formar parte del pasado. Por eso, aprovechando innombradas energías, resurgían de esa forma. Aquí, allá. El Gran Bazar, la Mezquita Azul, Santa Sofía. Sólo por unos momentos. En cuanto Julio y yo, felices ignorantes, accionábamos resortes ocultos. Quizás ante nuestra proximidad o ante la de cualquiera. Cuadros que se iluminaban de repente, cobraban vida, y que, tan pronto nos habíamos alejado, volvían a sumirse en aquella oscuridad inmerecida. A la espera de volver a mostrarse a la menor ocasión, a continuar con una vida que les había sido arrebatada, a repetir mecánicamente una serie de actos que sólo en su momento tuvieron sentido. Porque —y ahora recordaba la tarde anterior en el Gran Bazar— aquellos astutos comerciantes que desplegaban toda suerte de alfombras ante nuestros ojos ¿estaban realmente desplegando alfombras ante nosotros? ¿Las desplegaban siquiera? O nadie hacía absolutamente nada y aquellas escenas en las que creíamos participar no eran más que rutinas de otros tiempos, asomando empecinadamente al presente con tanta fuerza que ni siquiera nuestra débil presencia podía enturbiar. Me gustaba pensar en estas cosas. Yo, asomada en el balcón de un hotel habitado por espíritus, contemplando las brumas de una ciudad que había desaparecido hacía tiempo.

No sé cuánto rato pude haberme quedado embobada sin notar el frío. La súbita irrupción del chico de la limpieza me devolvió bruscamente a la realidad. Estaba en un hotel, el Pera Palas, y el chico de la limpieza me miraba ahora sorprendido con un manojo de llaves tintineando en la mano. ¿Sorprendido ante qué? Pero ésta es una historia de sobras conocida. Todos los encargados de las habitaciones de todos los hoteles del mundo parecen admirarse de que el huésped siga allí. En la habitación. Aunque, en este caso, a su asombro se unió inmediatamente el mío. Estaba congelada. Una mujer en camisón, en pleno diciembre, asomada a un balcón desde el que no se veía absolutamente nada. «Diez minutos», dije. Y, enseguida, imaginé a Julio en el vestíbulo consultando el reloj o mirando esperanzado a través de la ventana. «Un poco de sol», murmuré. «Tan sólo un poco de sol para contentar a Julio.» Y sólo entonces, como si un eco escondido en el cuarto me devolviera mis propias palabras, reparé en que momentos atrás no había dicho «diez minutos» a aquel muchacho que desaparecía sonriendo por la puerta, sino *on dakika*. Pero esta vez no me admiré como el día anterior en el Gran Bazar (que ahora, en la memoria, se desprendía de cualquier connotación irreal y aparecía simplemente como el Gran Bazar), ni caí en la estupidez de decidir que alguien o algo me insuflaba, sin que yo me diera cuenta, esa repentina sabiduría. «Los idiomas», me dije, «son como las personas. Con unas se congenia, con otras no.» Y en esos diez *dakika* que apuré a fondo pensando en los *on* minutos del reloj de Julio me duché, vestí, ordené someramente la habitación y avisé al chico de la limpieza. «*Lütfen bana bir yorgan daha gönderinitz*», dije aún. Pero cuando lo hice, cuando le comuniqué que no nos vendría mal una manta de más, había dejado ya algunas cosas bien sentadas. Aquellas palabras, que manejaba con indudable soltura, yo las había visto con anterioridad. En el avión, ojeando —distraídamente, creía yo—, un capítulo dedicado a frases usuales de una guía cualquiera, y que —pero ahora no tenía tiempo de detenerme en eso—, por un extraño estado de disponibilidad, quedaban grabadas en mi mente, procesadas, fijas, sin que ni siquiera llegara a darme cuenta de lo que me estaba ocurriendo. Y eso era lo único asombroso. Mi disponibilidad. Cuando llegué al vestíbulo —apresurada, feliz, eufórica— comprobé que a menudo los tópicos están basados en un sabio conocimiento de la realidad y que los posibles minutos turcos no tenían nada que ver con los *dakika* españoles.

—Pero ¿qué hacías? Has tardado una eternidad.

Salimos a la calle. De nuevo la niebla. El decidir que aquello era Estambul como podía ser cualquier otra ciudad del mundo. La sensación de que nos encontrábamos tan bien juntos que ni siquiera teníamos la necesidad de pensar en lo bien que nos encontrábamos juntos. Hasta que apareció Flora. Y fue como si mis cuarenta años entraran al tiempo en escena. De una forma confusa, dudosa. Porque a ratos se diría que querían ayudarme, prevenirme, aconsejarme. Y otros, la verdad, no estaba tan claro.

Luego hablaré de eso. De la sabiduría que, según se dice, asoma a los cuarenta años. De que a esta edad —también se dice— es cuando una persona empieza realmente a conocerse a sí misma, a los demás, a saber de qué va el mundo, a adivinar, intuir, a prever las trampas y artimañas de la vida. Pero ahora debo centrarme en Flora. Con serenidad, con justicia. Porque, en resumidas cuentas, ¿tenía algo de raro la aparición de Flora aquella misma tarde en el hotel? Y mi respuesta no puede ser otra que «No». Nada en absoluto.

Yo regresaba de un pequeño paseo por el barrio, me había detenido en el vestíbulo e intentaba, sin éxito, localizar las huellas de la histórica explosión —la bomba estallada en 1941— en las paredes de mármol. De pronto me pareció escuchar mi nombre y me volví. Enseguida distinguí a Julio sentado en un sofá, al fondo de la sala, saludándome con la mano. Me olvidé de la bomba y me acerqué.

—Flora —dijo poniéndose en pie.

Y entonces reparé en una larga melena negra apoyada en el respaldo de un sillón.

—Mi mujer —añadió haciéndome sitio en el sofá.

Un encuentro como tantos otros, la inevitable complicidad de los viajeros en un país extraño, la consabida conversación sobre la niebla, el mercado de especias o el Gran Bazar. Pero Flora —aunque luego rectificara, se recompusiera y empezara a hablar de la niebla, el mercado de especias y el Gran Bazar— me había dirigido una mirada que poco tenía que ver con la amable disponibilidad de los viajeros en un país extraño. A Flora le había *sorprendido* mi presencia. Como si no contara con que Julio tuviera mujer o estuviera con una mujer. Podría parecer una presunción apresurada o estúpida. Sí, me dije, posiblemente lo era.

—Me voy —anunció al poco recogiéndose el cabello con un pasador y dirigiéndose únicamente a Julio—. Y si quieres cenar bien, recuerda: el Yacup. Está aquí mismo, en la esquina. El ambiente es muy simpático.

Eso fue todo. Julio y yo la miramos mientras abandonaba el vestíbulo y desaparecía entre los cristales de una puerta giratoria. Pero no debíamos de ser los únicos. Alguien, probablemente desde una mesa cercana, murmuró: «Mmmmmm...». No me molesté en averiguar quién era. Me había recostado en el respaldo del sofá y ahora veía con toda claridad el mármol resquebrajado, unas grietas, unas brechas. «Las huellas de la bomba», exclamé. Estaban allí. Justo encima de nuestras cabezas. Sobre nosotros.

Aquella noche cenamos en el Yacup. Se encontraba, en efecto, muy cerca del hotel, el ambiente era distendido y amable, y, además, llovía. Aclaro estos aspectos sin importancia porque sólo al día siguiente me interrogaría sobre la razón por la que entre todos los restaurantes de ambiente simpático, y lloviendo como llovía en toda la ciudad, hubiéramos tenido que ir a parar al Yacup. Pero entonces no se me ocurrió pensar en los otros, únicamente que estábamos bien allí. En el Yacup. Julio pidió un raki, yo vino, y ambos, para empezar, un plato de pescado frito.

—Mira —dije sacando un manual del bolso—, lo he comprado esta tarde. *Türkçe Öğreniyoruz...* Las explicaciones están en español. ¿No te parece una suerte?

Julio alzó su vaso, yo mi copa, y cuando mirábamos discretamente hacia las mesas de al lado —todos bebían raki y comían pescado frito—, por segunda vez en el día apareció Flora.

Su entrada en el Yacup no tenía nada de excepcional. El restaurante, como ya he dicho, estaba cerca del hotel, además llovía y, después de todo, había sido ella quien nos lo había recomendado. Pero sí tal vez —y ahora una extraña sabiduría me indicaba que no se trataba de una observación estúpida— su forma, un tanto afectada, de mirar de derecha a izquierda.

—Es Flora —dijo innecesariamente Julio (y yo oculté *Türkçe Öğreniyoruz* en el bolso)—. Debe de estar buscando a sus amigos...

Flora se sentó a la mesa, junto a nosotros. Entendí que aquella tarde, antes de que yo apareciera en el vestíbulo, debía de haber contado que era precisamente allí donde solía reunirse con sus amigos. Pero su relativa insistencia en hablar de ellos, de sus amigos, en sorprenderse de que no hubieran llegado todavía, en aventurar que era ella quizá quien aparecía demasiado tarde, o en concluir, por extraños mecanismos, que la cita era en otro lugar y que en estos momentos debían de estar buscándola desesperadamente, me pareció un tanto infantil, ingenua. Miré de reojo a Julio. ¿Qué pretendía Flora? Estaba claro que desplazar el posible plantón hacia los otros, los amigos. ¿Y por eso se tomaba tantas molestias? A no ser que ellos, los amigos, no hubieran existido nunca. Parecía evidente. Si a alguien buscaba Flora en aquella fría noche de diciembre era a nosotros. «Debe de sentirse muy sola», pensé. Y me comí un pescadito frito.

Del Yacup nos fuimos a un bar cercano, donde Julio y Flora siguieron con raki y yo pedí whisky. En otros tiempos no lo hubiera hecho. Antes, tal vez hasta tres o cuatro años atrás, solía beber lo que me ofrecían los países en los que me encontraba. Pero eso era antes. No me apetecía tomar raki y entre las botellas mohosas del aparador había distinguido una marca de whisky. De modo que pedí whisky. El problema estuvo únicamente en el hielo. No tenían. Pero podían ir a buscármelo a... Julio me miró como si hubiera cometido un pecado imperdonable. Me conformé con agua.

—Estáis casados, claro —dijo Flora. Y, por un momento, volvió a su extraño cabeceo. De derecha a izquierda. De izquierda a derecha.

Sí, estábamos casados. No hacía falta ser un lince para comprender que ciertos cruces de mirada, ciertas situaciones completamente irrelevantes en sí mismas pueden dejar de serlo, en cualquier momento, con el solo recuerdo de parecidas situaciones que quizá, en su día, no resultaron tan irrelevantes. Me limité a sonreír, echar un poco de agua tibia en el vaso de whisky e intentar convencerme de que Flora no había sido indiscreta con su comentario. «Está sola», me repetí, «y busca complicidad.» Sin embargo fue esto último —su necesidad de complicidad— lo que de pronto me hizo ponerme en guardia. ¿Por qué a las parejas que llevan un cierto tiempo juntas no se las deja en paz? Me imaginé precisando: «Sí, desde hace quince años». Y a ella, redondeando los ojos con exageración: «¡Qué barbaridad!». Pero, al tiempo, diciéndose para sus adentros: «Estupendo. Deben de aburrirse como ostras. Ya tengo compañía en Estambul». Por eso, pedí cerillas al camarero, encendí un cigarrillo y empecé —un tanto precipitadamente quizás— a hablar de Agatha en Estambul.

Todos sabíamos de la famosa «desaparición» de Agatha Christie, pero, por si acaso, se lo iba a recordar someramente. Fue en el año 1926. Diez días en los que el mundo la dio por muerta y en los que posiblemente la autora perdiera la razón o sufriera —y esto parece lo más probable— un agudo ataque de amnesia. Aunque, según algunas versiones, todo se redujo a una astuta estratagema para llamar la atención —de su marido fundamentalmente— y evitar lo que en aquellos momentos se le presentaba como una catástrofe. La separación. El abandono. Pero si eso fue realmente así, de nada le sirvió (al poco tiempo el marido conseguía el divorcio y se casaba con una amiga común). Lo que yo ignoraba hasta llegar al hotel —y seguramente ellos tampoco estaban enterados— era la pretensión de que la clave del misterio se hallaba precisamente allí, en el cuarto piso del Pera Palas, en la habitación que ahora llevaba su nombre: AGATHA CHRISTIE. Y, bien mirado, no tendría nada de raro que la autora, en sus frecuentes visitas a Estambul, entre 1926 y 1931, escribiera un diario, emborronara unos papeles, explicara, en fin, qué es lo que realmente había ocurrido en aquellos días secretos. Lo que ya resultaba más difícil de creer era...

—Por favor —atajó Julio apurando su raki—. No

nos vas a contar ahora lo que está enmarcado en todas las paredes del hotel. La historia de la médium, el espíritu de la escritora señalando una habitación concreta, el hallazgo de una llave...
—Una bonita historia —concedió Flora—, y dice mucho en favor de quien se la inventó. Es la forma de que un hotel siga vivo... Aunque sea gracias a los muertos.
—No me entendéis —protesté. Pero posiblemente era yo quien empezaba a no entenderme.
Iba a decir algo. Sí, pero ¿qué? Entonces hice lo que ningún desmemoriado debería hacer: seguir hablando como si tal cosa a la espera de recuperar el hilo. Lo primero que quise dejar bien sentado —o que, en aquellos momentos, decidí, iba a dejar bien sentado— era que yo no pertenecía a la deleznable estirpe de adoradores de famosos. Es más, a lo largo de mi vida había tenido la oportunidad de conocer a algunos, y siempre había declinado amablemente la invitación. No me refería a simples famosos, gente que aparece en los periódicos por cualquier razón, ni tampoco a personajes que se hubieran distinguido en las artes, las letras, o lo que fuera, sino precisamente a aquellos personajes de los que, por encima de todas las cosas, admiraba sinceramente ese «lo que fuera» en el que se habían distinguido. En esos casos —y las ocasiones ascenderían más o menos a media docena—, ¿qué les podría decir yo, de natural tímida, que no supieran ya, que no se les hubiese dicho antes? Pre-

fería los encuentros casuales, espontáneos. (Me detuve y pedí otro whisky. Ya no tenía la menor idea de por qué lado iba el hilo primitivo que deseaba recuperar.) Como tampoco había sido jamás una recolectora de anécdotas, ni devota o fanática de peregrinajes «en recuerdo de...», o «a la manera de...», y odiaba —también y sobre todo— a la gente que, con conocimiento personal o sin él, se refería a sus ídolos por el diminutivo, el nombre de pila, el apelativo cariñoso con que sólo sus allegados les trataban en familia. Y, aunque esto podía parecer (y aquí encontré un inesperado cabo con que recomponer en lo posible mi parlamento) una contradicción, no lo era en absoluto. A Agatha Christie yo la llamaba Agatha. Porque sí. Porque me sentía con todo el derecho; el derecho que otorga el cariño. Un privilegio que, por otra parte, no era de mi exclusividad. Y entonces rememoré el colegio. Sus novelas, forradas de papel azul, corriendo, hasta destrozarse, de pupitre en pupitre; el parapeto de cuadernos y diccionarios tras el que ocultábamos nuestra pasión lectora; algunos títulos —*La venganza de Nofret, La casa torcida, Asesinato en el Orient Express*—, e iba ya a recitar, emocionada, la lista completa de compañeras de clase, cuando, como en una iluminación tardía, caí en la cuenta de que no había ningún hilo por recuperar —ahora recordaba que había empezado a hablar de Agatha para evitar hablar de otras cosas—, desde hacía rato Flora y Julio no me escuchaban, y nada ocurriría —de hecho nada ocurrió— si alzaba la voz, la bajaba, o, bruscamente, me quedaba muda.

Siguieron con raki. Se estableció una comunicación de la que yo, sola ante mi whisky tibio, quedaba automáticamente excluida. Los alcoholes tienen sus normas, sus alianzas, su ritmo. «Ante la imposibilidad de remontar la noche», me susurraron los restos de sabiduría, «lo mejor es desaparecer.» Me levanté, dije amablemente que me sentía muy cansada, pero, pese a mis protestas, Julio y Flora también se pusieron en pie. Fue un completo absurdo. De nada me sirvió insistir en que el hotel estaba a la vuelta de la esquina o que el camino de regreso, aun de noche y lloviendo, no resultaría ni más largo ni más oscuro que durante el día. Además, si se trataba de acompañar a alguien en el corto trecho de calle no era, desde luego, a mí. Yo avanzaba con cautela, intentando sortear los charcos, el barro, las montañas de carbón que aparecían junto a algunos portales y de las que se desprendía ahora un líquido negruzco. Pero ellos lo hacían tras de mí, a ritmo-raki, hablando sin parar, obligándome a aguardarles e indicarles los socavones. «Mañana no se tendrán en pie», pensé. Pero fue precisamente en aquel momento cuando di un paso en falso, tropecé, me llevé mecánicamente la mano al tobillo y, apoyada en la puerta del hotel, recordé de pronto una de las razones por las que me había puesto a hablar de Agatha. Existía un hilo, claro, un hilo ocasional, una anécdota concreta, pero, sobre todo, el intento de evitar que se hablara de otra cosa.

—Oye —escuché casi enseguida a mis espaldas—, ¿cuántos años dices que lleváis casados?

Y después, mientras entrábamos en el vestíbulo, chorreantes y envueltos en barro:

—¡Qué barbaridad!

A las nueve de la mañana sonó el despertador. Julio se incorporó de un salto, y yo, con los ojos aún cerrados, me pregunté quién era, dónde estaba, de dónde venía y, sobre todo, adónde se suponía que debía de acudir tras aquel toque de diana que me hacía aterrizar bruscamente en el mundo. La última pregunta encontró inmediatamente una respuesta. No iba a ir a ningún sitio. El tobillo se había hinchado espectacularmente, tanto que, observándome ante la luna del armario, no podía dar crédito a lo que estaba contemplando. El pie izquierdo mostraba el aspecto de siempre: delgado, incluso huesudo, tal vez más anguloso que de ordinario. El otro, en cambio, tenía toda la apariencia de una broma. No se podía afirmar que fuera deforme o monstruoso. Aislado, en sí mismo, aquel pie podía resultar perfectamente normal. Era un pie regordete que presagiaba una pierna rechoncha, incluso obesa, seguramente gigantesca. Recordé lo que, según se dice, ocurre con los heridos a los que les ha sido amputado un miembro. Lo siguen notando, les sigue doliendo, de alguna manera el órgano *sigue* allí. A mí me sucedía justamente lo contrario. No podía reconocer aquel apéndice como propio. Intenté sin resultado introducirlo dentro de un calcetín. En aquel momento Julio salió del baño. Duchado, vestido, afeitado. Fresco como una rosa.

—Mira —dije.

El médico del hotel apareció a los cinco minutos. Me untó de crema, hurgó en su maletín hasta dar con un frasco de pastillas rojas, sugirió, en perfecto inglés, que me moviera lo menos posible durante un par de días, y precisó que debería tomar los calmantes cada cuatro horas. Después, inesperadamente, me oprimió el tobillo y yo solté un alarido de dolor. «Cada tres», corrigió. Cuando Julio le acompañó hasta la puerta yo seguía mirando mi pie con incredulidad. ¿Cómo me había podido ocurrir aquel percance? Maldije para mis adentros los excesos de la noche anterior, la idea misma de cenar en el Yacup, la absurda apuesta por alcoholes conocidos, aunque de importación dudosa, en detrimento del inocente, vernáculo e inofensivo raki. Pero sólo acerté a decir: «Anda, déjame uno de tus calcetines». Y me tomé una pastilla roja.

La mañana era tan oscura como un atardecer. Me instalé en el bar, junto a la ventana, rodeada de lápices, cuadernos, libros. Ahora me alegraba de encontrarme allí, con los ojos pegados al cristal, observando a la gente encorvada, aterida de frío, cruzando la calle a toda prisa. O volcada sobre un libro. Intentando leer a la tenue luz de la lamparilla de la mesa. Estaba sola, con excepción del camarero que dormitaba al fondo, tras una barra sin clientes, o el pez que a ratos parecía mirarme desde el interior de un acuario iluminado en el centro mismo de la sala. Era un pez grande, negro, decididamente feo. Lo observé mejor. Era también un pez raro, muy raro. Se hallaba suspendido en la mitad justa del acuario, boqueando. De cuando en cuando, sin embargo, iniciaba un movimiento ascendente, ocultaba el morro, mostraba la panza y entonces se producía un efecto curioso. No sé si todo se debía a la distancia a la que me hallaba —o tal vez eran las branquias, las aletas, las contracciones de sus músculos para bombear el agua—, pero a ratos se diría que el pez dejaba de ser pez —enorme y feo— para convertirse en un rostro grácil, infantil incluso. Un rostro de dibujos animados. Tuve que esperar a la tercera transformación para reconocerlo. «Campanilla.» Sí, aquel terrible pez, de pronto, se convertía en Campanilla. Nunca había visto nada igual y, por un momento, me pregunté si el camarero del fondo, que ahora bostezaba sin disimulo, habría sufrido alguna vez, en una mañana oscura como aquélla, una ilusión parecida. Después ya no me pregunté nada. Ahora era yo la que me había quedado atontada, observándole, esperando a que se decidiera otra vez a ocultar el morro, a mostrar la panza, a convertirse de nuevo en lo que yo sabía que era capaz de convertirse. El sonido de una campanilla, una campanilla de verdad, me sacó del ensueño. El botones llevaba una pizarra. Leí el número de mi habitación: me llamaban por teléfono.

—¿Cómo estás?

Era Julio. Me hallaba aún algo embotada y tardé un poco en responder.

—Acabo de encontrarme con Flora, en la calle —prosiguió—, y hemos descubierto un restaurante estupendo. Está en Kumkapi, frente al mar. ¿Por qué no pides un taxi y te vienes para aquí?

Miré el calcetín azul, su calcetín azul, lleno de claros, con los puntos tensados al máximo. ¿Era posible que no se hubiera dado cuenta de la magnitud del percance? Dije que prefería descansar.

—Como quieras. Volveré al hotel dentro de un par de horas.

Regresé a la mesa junto a la ventana. Los transeúntes seguían cruzando la calle encorvados y la mañana se había hecho aún más desapacible, más oscura. «Kumkapi», me dije, «Kumkapi.» ¿Se podría distinguir el mar desde aquel restaurante en Kumkapi frente al mar? Miré de nuevo hacia el habitante del acuario —ahora horizontal, inmóvil, en su calidad de pez enorme y feo— y entonces, no sé por qué, pensé en «desproporción», en la tarde anterior, en el vestíbulo, en Flora... Sí, estaba pensando en

Flora, o mejor, de pronto me parecía comprender la desproporción de su mirada.

No era una mirada hacia mí, sino hacia adentro, y en resumidas cuentas, aunque apuntara a lo mismo —la evidencia de que Julio estaba con su mujer o con *una* mujer, daba igual, y que esa evidencia la contrariaba—, ahora, si me esforzaba por reconstruir nuestro primer encuentro en el vestíbulo, me parecía apreciar una chispa, cierto fulgor en sus pupilas, un brillo. Quizá tan sólo las secuelas de un brillo. Un destello que se apagaba bruscamente en cuanto me estrechaba la mano, pero que me conducía de inmediato a lo que pudo haber sido antes, momentos atrás, cuando Flora todavía no me había sido presentada como Flora y no era más que una melena oscura sentada en un sillón enfrente de Julio. Sí, yo era una sorpresa. Pero una sorpresa en relación con todo lo que ella debía de haber fabulado en silencio. Y ahora me atrevía a adivinar la primera mirada de aquella mujer, para mí aún anónima, conversando con un hombre con el que parecía encontrarse a gusto. Una mirada luminosa, segura, seductora. La mirada de una mujer con proyectos, con planes, con una feliz idea en mente que mi súbita aparición, mi mera existencia, dejaba sin efecto. Por lo menos sin efecto inmediato... Porque ¿no estaban almorzando tranquilamente en Kumkapi, en un restaurante maravilloso, a orillas del Mármara? Y yo aquí, mientras tanto, contemplando embobada

cómo un pez monstruoso se convertía en Campanilla.
Me tomé otra pastilla. El médico había acertado con el tratamiento. Si no miraba hacia el suelo, a ese bulto amorfo envuelto en un calcetín azul, podía llegar a olvidarme de la razón por la que estaba pasando la jornada inmovilizada en el bar. Pedí un club sándwich, saqué *Türkçe Öğreniyoruz* del bolso y lo abrí por la primera página. *Ben, Sen, O, Biz, Siz, Onlar...* Pero Julio y Flora se tomaron su tiempo. Porque cuando aparecieron en el bar era ya de noche, había llegado a la lección seis, sabía contar hasta cien, podía ir de compras y conjugaba, prácticamente sin error, unos cuantos verbos.

—Podríamos cenar aquí, si te parece —dije.

Lo hice en voz baja, señalándole a Julio el calcetín azul. Nunca me ha gustado sentirme enferma o, peor aún, hacer valer mi condición de enferma. Pero estaba claro que no me encontraba con ánimos de caminar por el barro.

—¡Qué horror! —soltó Flora. Y yo, sorprendida, me volví hacia ella—. Sólo pensar en comida...

Escuché impertérrita la relación exhaustiva de los manjares degustados en el restaurante de Kumkapi. Los copiosos postres que el propietario se había empeñado en ofrecerles y que ellos, por cortesía, no tuvieron más remedio que aceptar. Las generosas copitas que siguieron luego en el interior de la vivienda. Su regreso a pie —se encontraban tan pesados que necesitaban caminar, airearse—, la visita a las cisternas que, como por arte de magia, se cruzaron en su camino. Aquí, Julio, entusiasmado, tomó el relevo del discurso. Aquello era un espectáculo gigantesco, inenarrable, lo más impresionante que había visto hasta entonces. Una auténtica catedral sumergida a la que me llevaría en cuanto me hubiera recuperado. No le importaba visitarla por segunda, por tercera vez... Pero Flora —que ahora volvía a tomar la palabra— había oído hablar de otras cisternas, no tan conocidas, unas cisternas de mil y una columnas que tenían la ventaja de encontrarse en el mismo estado en el que fueron redescubiertas. Sin luces, ni música, sin todas esas estupideces. «Exactamente aquí», dijo entonces Julio. «A ver...», murmuró Flora, y los dos, sin dejar de hablar, desaparecieron tras un plano recién desplegado.

Tuve de pronto una sensación parecida a la de la noche anterior. Ellos estaban en otro nivel, en otro ritmo. El ritmo-cisterna había relevado al ritmo-raki, pero el resultado era el mismo. Hacía rato que había encajado la evidencia de que aquella noche iba a cenar sola. Aunque, en aquel momento, ¿no era como si me encontrara sola? «Ya te lo decía yo», murmuró una voz inoportuna. Ellos, ocupados en localizar cisternas, no parecían haber reparado en nada. Pero yo no había movido los labios, el camarero seguía bostezando al fondo, tras la barra, y aquella voz me resultaba al tiempo familiar e irritante, conocida y desconocida. Me acordé de cierto «Mmmmmm», el día anterior, en el vestíbulo, cuando Flora se había perdido ya en la puerta giratoria, y Julio y yo seguíamos sentados en el sofá, bajo las grietas de la bomba. No era quizás un murmullo tan admirativo como creí entonces, ni desde luego procedía de ninguna de las mesas vecinas. El tono de aquel «Mmmmmm» y el sonsonete de lo que acababa de escuchar se parecían sospechosamente. Pero no caí en la tentación de preguntar: «¿Quién eres? ¿De dónde sales?», tal vez porque temía la respuesta. «Los cuarenta años», supe enseguida que podía decirme. «¿De qué te sirve la experiencia acumulada durante cuarenta años?»

—¿Y tú? —oí en un momento en que casi había llegado a convencerme de mi invisibilidad y ya no sabía muy bien con quién estaba hablando. Era Julio. El plano aparecía ahora plegado sobre la mesa—. ¿Qué tal has pasado el día?

Cerré *Türkçe Öğreniyoruz* y señalé hacia el acuario.

—Ese pez horrendo —dije— se transforma a veces en Campanilla.

«Hay cosas que deben emprenderse en soledad.» Eso fue lo que me dije al día siguiente, sentada en el bar, junto a la ventana, en una mañana casi tan oscura como un atardecer. La lección siete se estaba revelando sorprendentemente ardua, espinosa. No sólo me resultaba infranqueable, sino que, de pronto, ponía en tela de juicio todo lo que creía haber aprendido hasta entonces. No me importó. A menudo, con los idiomas, solía pasar lo mismo. Era como si te abrieran una puerta de par en par y luego, sin mediar palabra, te la cerraran en las narices. «Una buena señal», me dije también para darme ánimos. «Ahí está la prueba de que voy avanzando.» Pero hacía ya un buen rato que estaba pensando en otras puertas. En la giratoria por la que había desaparecido Julio de buena mañana y, sobre todo, en la que me aguardaba en el último piso del Pera Palas. Sí, hay cosas que sólo deben emprenderse en soledad.

El ascensor me dejó en mi rellano, pero no me metí en la habitación, sino que aguardé unos segundos y subí a pie hasta el cuarto piso. En la habitación 411 había vivido Agatha. Era una zona abuhardillada, de dormitorios angostos. Algunas habitaciones aparecían abiertas. Sonreí a los chicos de la limpieza y miré con disimulo hacia el interior. La 411 estaba cerrada. Escudada en el rumor de las aspiradoras me agaché y miré por el ojo de la cerradura. El dormitorio estaba a oscuras y no vi absolutamente nada, pero todo llevaba a pensar que era muy parecido a los otros. Un cuarto modesto, con una cama grande bajo el techo inclinado y un escritorio. La historia de que allí, entre aquellas cuatro paredes, se encontraba el secreto de la pretendida desaparición de la escritora no me importaba demasiado. Agatha, en su autobiografía, apenas se refería a esa etapa de su vida en la que creyó perder la razón, ni tampoco, toda una dama, se cebaba en las jugarretas de su primer marido. Ahora me venía a la memoria una frase sabia: «De todas las personas que te pueden fastidiar, el cónyuge es el que está mejor situado para hacerlo». (¿O no era «fastidiar», sino algo más fuerte?, ¿o tampoco se trataba de «el cónyuge»?) En todo caso era una frase sabia, fría, desprovista de resentimiento, tal vez porque tan sólo la pronunciaría de mayor, cuando el estado de confusión en que la había sumido el abandono del coronel Christie quedaba en su lugar, en el espacio, en el tiempo, porque ya Agatha había vivido —estaba viviendo aún— su gran amor con Mallowan, el arqueólogo al que casi doblaba en edad, su segundo marido. Sí, Agatha, desde hacía años, era Agatha Christie Mallowan, una anciana ocurrente, feliz. Y ahora yo la imaginaba, a ella que tanto amaba la vida, condenando a muerte a algunos de sus personajes, inclinada sobre el escritorio con una pluma de ave en la mano, tomándose de vez en cuando un respiro, cavilando entre las mil y una formas de ocultar un cadáver, borrar huellas, crear puertas falsas para despistar a sus lectores. Y de pronto sonreír: «Eso era. Ajá». Y volver a inclinarse sobre el papel, para después consultar el reloj —las cinco menos cuarto— y dudar por un instante entre enterrar, calcinar o descuartizar un cadáver, o arreglarse de una vez, recomponer el peinado y bajar a tomar el té, ignorando que en aquel salón, en que ella no era sino una de las muchas damas inglesas que cada día a las cinco tomaban el té en un servicio de plata, sólo su presencia perduraría. SALON AGATHA CHRISTIE. Pero aquella mujer de cabello cano, que ahora yo veía preparando pócimas, descartando venenos, confundiendo a lectores, personajes y policías, no podía ser la misma Agatha que ocupó en aquellos tiempos la 411. La escritora tendría entonces unos treinta y tantos años. Casi como yo. Le oscurecí el cabello, cambié la anacrónica pluma de ave por una estilográfica y la hice pasear por el cuarto angosto. Fuerte, erguida. «Eso era. Ajá.» Pero aquella ensoñación, la nueva Agatha, no resistió más que unos segundos. Enseguida reparé en que la mujer canosa y despeinada no se resignaba a abandonar su escritorio. Ahora escrutaba a la Agatha joven con curiosidad. No parecía muy convencida, pero sí que se estaba divirtiendo. Y, después, parpadeaba ligeramente —¿una mota en el ojo?, ¿una fugaz escena que no deseaba recordar?— y sonreía. Pero ya no miraba al espacio vacío que había dejado la desaparecida. Fue una sensación breve, inexplicable. Agatha, a través de la puerta cerrada, me estaba sonriendo *a mí*.

De regreso al cuarto me tumbé en la cama. Me encontraba a gusto en el hotel, en esa soledad obligada a la que me había conducido un pie deforme al que ya no guardaba ningún rencor. Coloqué el frasco de pastillas rojas sobre la mesilla de noche y consulté el reloj. Las dos y cuarto. Aún faltaba medía hora para la próxima dosis. Descansaría un poco, disfrutaría de la maravillosa sensación de hacía unos instantes, dormiría quizá. Puse la alarma a las tres menos veinte y cerré los ojos. Casi enseguida un timbre me despertó sobresaltada. Incrédula miré el despertador. Era el teléfono.

¿Julio, otra vez? O mejor, ¿se trataba de que Julio *otra vez* se había encontrado *por casualidad* con Flora, en el inmenso Estambul y se disponían ahora a almorzar con toda tranquilidad en un restaurante *delicioso?* ¿Se trataba, en fin, de que aquella noche me iba a tocar de nuevo cenar *sola?*

—Hola, ¿cómo estás? —dijo Flora.

Tardé un buen rato en responder. Flora no había mencionado mi nombre. Tal vez porque era innecesario, tal vez porque no lo recordaba.

—Como no te he visto en el bar... —prosiguió—. ¿Qué tal el pie?

—Igual —dije.

—De modo que sigues inmovilizada... ¡Qué mala pata!

No era un chiste fácil, ni siquiera una ironía, una broma. Flora llamaba desde el bar para interesarse cortésmente por mi salud. Le di las gracias. Sin embargo aquel súbito interés por mi salud no acababa de cuadrar con la imagen que me había hecho de Flora. Cuando colgué, miré el calcetín —hoy negro— y la palabra in-mo-vi-li-za-da no pudo sonarme peor.

—Agatha en tu lugar hubiese hecho algo —oí.

Era la voz. Esa voz que surgía de dentro, que era yo y no era yo, que se empeñaba en avisar, sugerir y no aportar, en definitiva, ninguna solución concreta. Pero no tuve tiempo de recriminarle nada. Enseguida, como si alguien en el cuarto hubiera prendido una luz, vi un número salvador, un rótulo parpadeante, al tiempo que mis labios —esa vez sí fueron mis labios— pronunciaban una cifra: «cuarenta y cuatro». Me puse a reír. «Eso era. Ajá.» Porque de pronto recordaba algo, algo sin interés, algo que en cualquier otro momento me hubiera traído sin cuidado. Pero no ahora. Julio —¿cómo podía haberme olvidado?— calzaba un ¡cuarenta y cuatro!

La avenida Istiqlâl me pareció más agradable que de ordinario. O quizás era yo, obligada a caminar a paso lento, quien de pronto se sentía integrada, como un vecino más, un comerciante, un ama de casa que sale de compras. Estambuleña, me dije. Y la terrible palabra, contemplada con horror en guías y manuales, no me pareció ya una equivocación, un despropósito. Porque, en cierta forma, me sentía estambuleña. O mejor, acababa de pasar, sin proponérmelo, de turista a residente, una categoría mucho más cómoda y amable. Llevaba una gabardina hasta los pies y, si no fuera por éstos, los pies, apenas me distinguía de las demás transeúntes. En un momento un niño me tiró del extremo del cinturón. Estaba sentado en el suelo, frente a un tenderete de perfumes y mostraba una pierna deforme. Miré los precios. Eran sorprendentemente bajos, irrisorios. ¿Contrabando? ¿Imitaciones de trastienda? El niño se había quedado detenido en el mocasín de Julio. Luego alzó la vista. La bajó de nuevo hacia el otro, el mocasín izquierdo. Yo le sonreí con ternura. ¿Sabría él que lo mío era meramente transitorio? O, por el contrario, ¿me habría tomado por un igual, alguien acostumbrado, desde su nacimiento, a cargar con la desproporción, con la diferencia? Volví sobre los perfumes y me gustó un nombre: *Egoïste,* de Chanel. No se perdía nada con probar.

A pocos pasos divisé una zapatería. Entré por la sección señoras y salí por la de caballeros. El modelo era casi el mismo. Dos botas de cuero. Un treinta y siete para el pie izquierdo, sección *bayan;* un cuarenta y cuatro para el otro, sección *bay.* Llevaba una gran bolsa con las botas sobrantes y los mocasines dispares, y me la eché al hombro. La luna de un escaparate me devolvió la imagen de un improbable Papá Noel. Paseé por Çiçek, compré un ramo de flores y me detuve ante los puestos de pescado, de frutas, verduras. Me sentía contenta, extrañamente libre. Al llegar al hotel un limpiabotas se precipitó sobre mis pies. Sí, mi calzado recién estrenado acusaba ya las huellas del barro. «Diez mil libras», escuché, y puse el pie derecho sobre la reluciente caja.

—Veinte mil —dijo de pronto.

Aquello no podía ser verdad. ¿Desde cuándo se doblaba un precio después de apalabrado? Ahora el hombre, observando mi sorpresa, componía un significativo gesto con las manos. Una circunferencia cada vez más grande que, estaba claro, pretendía sugerir «extensión». Indignada, retiré el pie. Me sentía una coja congénita, una residente, estambuleña de toda la vida, y aquello me parecía un atropello.

—*Tamam,* diez mil —convino el hombre. Y añadió algo que, me pareció entender, se trataba de una condición, un pacto. Me dijo su nombre: Aziz Kemal. Y él, Aziz Kemal, me limpiaría el calzado cada día.

—*Tamam* —dije yo.

Y di por concluida mi jornada.

Flora, aquella noche, cenó sola en el hotel. Al salir distinguí su perfil entre las mesas del comedor y me pareció pendiente de algo, del reloj tal vez, de nuestra aparición posiblemente. Ahora no me quedaba ya la menor duda del sentido de su amable llamada. Comprobar que me hallaba inmovilizada en la habitación y colegir que, aquella noche, no tendríamos más remedio que cenar en el hotel. No es que me alegrara, pero, menos aún, que me entristeciera. Es más, a decir de la voz, eso estaba bien «Muy, pero que muy bien». Julio, ajeno a mis pensamientos, también parecía contento. «Mañana ya te habrás recuperado. Podríamos ir a Bursa, a Nicea...» Anduvimos por Istiqlâl en dirección a la plaza Taksim. El niño de la pierna deforme seguía allí, sentado en el suelo, al frente de su tenderete de perfumes. Hacía frío y deseé que tuviera una buena noche. El propietario de la zapatería, que ahora bajaba una pesada persiana metálica, me saludó. Muchos de los comercios estaban cerrando. Al llegar a la plaza vi al limpiabotas. Llevaba sus enseres recogidos en la caja reluciente y todo parecía indicar que se hallaba esperando un autobús, el transporte que iba a conducirle a su casa después de una agotadora jornada de trabajo. Trazó una espiral con la mano que parecía recordar: «Mañana». Sí, claro, hasta mañana. «Aziz Kemal», dije como única explicación, con un mal disimulado gesto de orgullo.

Cenamos en un restaurante pequeño, en una de las calles que desembocan en Taksim. Julio se había informado de la mejor manera de llegar hasta Bursa. Además, existía un hotel muy adecuado para mi estado. Sacó un folleto del bolsillo y me mostró unas termas de mármol. «Será como si estuvieras en un balneario. Igual.» Se moría de ganas de viajar. Yo le miré con ternura. Sí, seguramente, mañana ya estaría bien.

—¿Y Flora? —preguntó de pronto—. ¿Has visto a Flora?

En aquel mismo instante, el pie, como si despertara de fármacos y calmantes, empezó a protestar. Saqué un par de pastillas del bolso.

—Me ha parecido verla. Al salir.
—Podríamos haberla invitado —añadió.
Me pregunté por qué. Por qué demonios teníamos que haberla invitado. Pero la voz sugirió: «Prudencia». Tragué las pastillas y bebí un vaso de agua.
—¿Por qué? —pregunté cándidamente.
Ahora era Julio quien parecía sorprendido.
—Por nada en especial. Es una chica agradable, simpática. Y está sola.
Me serví un poco de vino. Tenía que decir algo. Tal vez: «Quizá sí. La verdad, no se me había ocurrido».
—Seguramente le gusta estar sola. Si no, viajaría acompañada, ¿no te parece?
—Viajaba acompañada —dijo Julio ante mi estupor. Y la voz, como siempre volvió a la carga: «Déjale que hable. Entérate de lo que ella le ha explicado. No estropees esta oportunidad»—. Con un amigo, un novio, en todo caso un auténtico pelma que le estaba dando el viaje. Parece que, por fin, ha logrado quitárselo de encima.
¿Y no sería al revés? Porque, o me hallaba completamente equivocada o la reacción lógica, previsible, razonable, en cuanto alguien se libera de un pelmazo, ¿no es disfrutar a fondo de la recuperada soledad? «Razón de más», podría decir. Pero la voz me había ordenado: «Prudencia».
—Razón de más —dije así y todo.
No había logrado imprimir a mis palabras el tono de despreocupación que me proponía. La

oportuna visita del camarero con uno de los platos me impidió reparar en la expresión de Julio. Pero ahora, en ese breve intervalo en que la comida volvía a recuperar su protagonismo, se me presentaba la ocasión de dar el tema por zanjado. No estaba dispuesta a pasarme la noche hablando de los supuestos desplantes de Flora. Por eso, para no hablar de Flora, ataqué directamente el tema de la lección siete.

—Siempre ocurre lo mismo con los idiomas —dije—. Te abren una puerta, te invitan a pasar, te agasajan y regalan como perfectos anfitriones, para luego, en el momento más inesperado y como obedeciendo a un caprichoso cambio de humor, cerrártela en las narices.

Sí, el turco, como todas las lenguas, era un castillo del que no se conocen los planos. Y alguien, desde el castillo, me había tendido un puente levadizo, yo lo había franqueado y ahora, de pronto, me encontraba perdida en el patio de armas. Era, sin embargo, una buena señal. No me cabía la menor duda. Pero lo difícil, el verdadero reto, empezaba ahora. Tenía que hacerme con el manojo de llaves y desvelar los secretos de todas las cerraduras. Me divertí un rato imaginando sótanos, mazmorras, puertas falsas, pasadizos... Cuando me hallaba ya en una de las almenas me pareció que Julio tenía los ojos enrojecidos e intentaba disimular un bostezo.

—¡Ah! —dije de pronto pasando de la almena

del turco a los altillos del Palas— he visto la habitación de Agatha.

Aunque en realidad (aclaré enseguida) no la había visto. Pero sí había podido observar otras, en la misma planta, y me habían parecido bastante modestas. Tanto, que empezaba a pensar —es más, estaba casi segura— que en el cuarto piso no habían vivido ni Agatha, ni ninguno de los nombres famosos que se leían en las puertas. Aquella zona, en otros tiempos, debía de haber estado reservada al servicio. Y ahora, sólo ahora, la recuperaban para el público y repartían los nombres al azar. Flora en esto tenía razón. Una forma de mantener el hotel vivo gracias a los muertos.

Julio dijo: «Ah», y llamó al camarero. Yo me quedé mirando la botella vacía de Villa Doluca. ¿Cómo podía haberme permitido rebajar mi encuentro, la extraña sensación de aquella misma tarde frente a la puerta 411? ¿Quién me mandaba hablar de mi incursión en el cuarto piso, y más en aquellos términos? Pero sobre todo, ¿por qué se me había ocurrido citar a Flora, aunque fuera de pasada, cuando se trataba precisamente de ignorar a Flora?

Me levanté y fui al baño. Tal vez no debía de haber mezclado las pastillas rojas con el vino. Me sentía un poco mareada y del grifo del agua fría sólo caía un chorro sin importancia. Abrí el bolso y me hice con el spray de *Egoïste*. Me rocié la nuca, el cuello, las muñecas. El olor era fuerte, penetrante.

Un olor de trastienda. Ahora no había duda. Al salir, ya Julio me esperaba en pie, junto a la puerta, con mi abrigo en las manos.

—Se ha puesto a llover —dijo—. He llamado a un taxi.

Subimos al coche. Julio indicó la dirección y luego, al instante, empezó a agitarse desconcertado. Miró hacia la nuca del chófer, las flores de plástico que adornaban el volante, unos muñecos fosforescentes que se balanceaban en todas las direcciones. Empezó a olfatear sin disimulo, como un sabueso. Parecía estupefacto, irritado, ofendido.

—*Egoïste* —dije yo. Y le mostré el frasco.

Julio lo miró con incredulidad.

—Deberías pensar en los demás —gruñó secamente.

Y abrió el cristal de la ventana.

Ninguno de los dos tuvo que esforzarse por convencer al otro porque ambos, desde el principio, estábamos de acuerdo. El partiría por la mañana. Un taxi hasta la estación, luego un barco hasta Yaloba, luego lo que encontrara, lo que hubiera planeado. Y yo aprovecharía para descansar. Andaría lo indispensable. Me acostaría pronto. Y el sábado me apuntaría a la excursión del hotel. Estaba escrito en recepción. Había excursiones a todas partes y, aunque en condiciones normales me fastidiaran los viajes organizados, ahora se trataba de algo muy distinto. Disfrutaría de las comodidades del autocar para llegar directamente a Bursa. Y, una vez allí, renunciaría a la vuelta, me quedaría con él en el hotel de las termas, de los baños turcos, de los mármoles. Pasearíamos por el bazar. O seguiríamos juntos a Nicea.

Era un plan a la medida. A nuestra medida. Le acompañé hasta la calle, le prometí que descansaría. Se le veía feliz, alegre. Yo también lo estaba. Las cosas —o así me pareció entonces— empezaban a recobrar su ritmo.

—Coche no bueno —dijo Aziz embadurnándome de betún y cuando ya el taxi de Julio desaparecía calle abajo—. Primo de Aziz Kemal taxi bueno. *No problem.* Faruk (primo Aziz Kemal) aquí, *hotelda, saat* once, buscar Madame.

—*Tamam* —dije ante mi sorpresa. Y aún alcancé a despedir a Julio con la mano—. De acuerdo.

Porque ¿no era estupenda la solución que me ofrecía el limpiabotas? Un coche a mi disposición, la posibilidad de desplazarme por Estambul sin faltar a mi promesa de descanso. Sí, las cosas estaban recobrando su ritmo. Mejorándolo, incluso. Pagué el importe del pacto y me fui al bar.

Pero quedaba Flora (Flora otra vez, ¡qué pesadita!). Y era curioso. Con Julio camino de Bursa había llegado a olvidarme completamente de su existencia.

—¿Y Julio? —preguntó.

Me había abordado frente al acuario del pez-Campanilla y ahora preguntaba: «¿Y Julio?», con un tono de despreocupación total, como si la cosa más normal del mundo fuera ésta. Interesarse por el marido de una mujer inmovilizada —o así creía ella— frente a la pecera de un bar.

—Ha ido a Ankara —repuse amablemente.

—Oh —dijo.

Me tomé una pastilla. Flora a mi lado me miraba, o así me pareció, con curiosidad, tal vez con desconfianza. Me sentí infantilmente feliz. Después de todo ¿estaba obligada a decir la verdad? ¿Debía tenerla al tanto de los movimientos de Julio? ¿Por qué no podía situarlo en el este cuando, en realidad se estaba encaminando hacia el sur?

—Vaya —murmuró. Y se encogió de hombros.

Aquello sonaba a despedida. Me concentré en el habitante del acuario. Era obvio que Flora no tenía nada que hacer allí, junto a una mujer pendiente de las reacciones de un pez que hoy se revelaba tediosamente amodorrado. Golpeé suavemente el cristal. El pez no se movió un milímetro. Pero entonces... lo vi.

Fue un reflejo que me devolvió el cristal, unos labios fruncidos, una expresión desmadejada, insulsa. Un abatimiento, digamos, que en sí mismo no tendría nada de sorprendente si no fuera porque distaba años luz de la indiferencia con la que acababa de encogerse de hombros y decir «Vaya» o la altivez con la que momentos antes había murmurado «Oh». La miré sin disimulo, casi con descaro. Flora, en un movimiento rápido, intentó, ¿cómo diría yo?, recomponerse. Pero ya la había descubierto. El perfil, ¡su perfil! Flora poseía un perfil hermoso, definitivo, contundente. La elegancia de sus rasgos, la perfección de sus facciones, quedaban, sin embargo, desmentidas en cuanto alguien, como yo ahora, la sorprendía de cara, de frente. Rodeé la pecera fingiendo observar el pez-Campanilla, pero ella, inmediatamente, hizo lo mismo en sentido contrario. Después se fue. No recuerdo si se despidió, si dijo «Hasta luego» o si no lo consideró necesario. Faltaban aún un par de horas para mi paseo con Faruk. *El enigma de un rostro*, murmuré. Y, como no tenía nada mejor que hacer, me dispuse a estudiar el perfil de Flora *¿Flora Perkins?*, *¿Flora Smart?*... Ya tendría tiempo de encontrarle un título.

Hay personas que son bellas siempre. Otras, sólo a ratos. Algunas, en contadas ocasiones. Unicamente cuando se sienten relajadas, descansadas, felices. Aunque tampoco este último extremo debería ser tomado al pie de la letra. Ahora recordaba de pronto a ciertos amigos, ciertas amigas, en los que el cuerpo se empeñaba en contradecir al alma. Que se crecían, estéticamente hablando, en la dificultad, en los problemas. Que se abandonaban y descuidaban en la bonanza. Pero todo esto me apartaba de mi objetivo. A la voz, y a mí también, nos divertía el juego. «Dejémonos de preámbulos», escuché. «Al grano.»

Porque el caso de Flora, si no único sí por lo menos parecía peculiar. Tanto que, ahora, contemplando las oscilaciones del pez-Campanilla, empezaba a sospechar que me había precipitado en algunos juicios. Tal vez la rareza que se desprendía de Flora, aquel no-sé-qué que me había provocado una irreversible tirria, los cambios bruscos de expresión que yo, ingenuamente, había atribuido a la existencia de oscuros proyectos, no eran más que el resultado previsible de un rostro sabedor de los encantos de un perfil y empeñado (ejercitado, entrenado) en mantenerlo a cualquier precio. Sí, ésta era la habilidad de Flora. Hasta el punto de que —una simple hipótesis— si Flora cometiese un asesinato, el crimen se realizara en presencia de testigos y éstos se encontraran distribuidos en distintos lugares de la misma habitación, ¿se podría, con sus declaraciones, construir un retrato-robot fiable? No estaba claro. Porque, pongamos por caso, los testigos que la hubieran visto de perfil, clavando un puñal (sí, sabía que Agatha prefería el veneno, pero a mí ahora me convenía un puñal) en el cuerpo de su víctima, ¿no la describirían como una hermosa mujer clavando un puñal? Una mujer extraña, fascinante, bella. Pero ¿y los otros? La propia víctima en el caso de que pudiera aún hablar ¿sería capaz de encontrar el dato, la singularidad, el detalle con el que se lograra identificar a la asesina? «Una mujer sin rasgos precisos. Anodina.» Pero ¿era Flora una mujer anodina? No, no lo era. Y lo más seguro es que en un momento como aquél, el momento conciso e importante de cometer su crimen, momento en el que se necesita, supongo, de la máxima concentración y empeño, no dejara, llevada por la costumbre, de alternar rápidos movimientos cara-perfil, perfil-cara, sumiendo en la más absoluta confusión a los hipotéticos testigos e incluso a la propia víctima. Porque nadie que la hubiera visto sólo unas cuantas veces se vería capaz de describirla. Es más, hasta la policía, habituada a disfraces, transformaciones, buena fisonomista como es de suponer, tardaría algo más de lo razonable en unir aquel perfil altivo con la cara desmadejada. Y aun después, cuando obtuvieran la ficha completa de la delincuente, por las calles de Estambul aparecieran carteles y bajo un gran SE BUSCA un par de fotografías de la forajida, no conseguirían otra cosa que confundir de nuevo a la ciudadanía. Porque para la identificación de Flora se necesitaba poseer un profundo conocimiento de las artes gráficas, penetrar los secretos de las representaciones dinámicas, de las simbiosis entre cara y perfil —con preponderancia de éste—, acudir al recuerdo de ciertas postales, ciertas láminas en las que en el tramado, con tal que el observador se moviera un poco, producía un efecto sorprendente. Una mujer que, de pronto, nos guiña un ojo. Un hombre que se convierte en mujer. Un león en tigre. Sí, el león, por ejemplo, deja de ser león para adquirir los rasgos del tigre. Pero hay un momento, un instante acaso, en que se vislumbra un león-tigre. Y ése era el punto. Preciso, indefinible. La fracción de segundos, total, reveladora, que si me esforzaba por concentrarme en el acuario, quizá lograría detener en el pez-Campanilla. Porque, ya desvelado el misterio de Flora, volvía con renovada curiosidad a mi pez. Pero aquella mañana —y de un momento a otro iban a dar las once— el habitante del acuario no quiso transformarse una sola vez en Campanilla.

Faruk se presentó a las once en punto. Era un hombre bajo, extremadamente bajo y corpulento, con un poblado bigote. Su coche, el «taxi bueno» que me había prometido Aziz Kemal, parecía salido de un desguace, un condenado a muerte a quien en el último momento le ha llegado el indulto. Hice como que no veía la mirada de estupor que le dirigía el portero y, una vez dentro, apalabramos un precio que me pareció justo y a él también, con lo cual, supuse, debía de ser directamente abusivo. Faruk parecía hombre de pocas palabras. Me preguntó adónde debía conducirme, en inglés, y yo le respondí que a la iglesia de Salvador de Jora, en turco. En esto fundamentalmente consistieron nuestras relaciones. Me llevó al palacio de los Commenos, a la muralla de Teodosio, a la mezquita de Mustafá Pachá, a la de Solimán, a la pequeña Santa Sofía. Me ayudaba a calzarme y descalzarme. Yo apenas caminaba, tan sólo en el interior de las iglesias, mezquitas o museos, cenaba pronto y me acostaba enseguida. Al segundo día, aunque seguía por comodidad usando el juego de botas, me encontraba ya restablecida y me despedí de Faruk. El parecía contento de nuestro trato. Siempre que le necesitara no tenía más que decírselo a Aziz Kemal. «*Tamam*, Faruk. *Tamam...*» En aquel momento se puso a nevar.

—Lo siento —dijo el encargado de excursiones—, no hay plazas para Bursa.

Al principio me negué a creer lo que estaba escuchando. Me había informado en aquel mismo mostrador hacía dos días. Me habían dicho que en esta época, temporada baja, con frío, niebla, lluvia —y ahora, para colmo, nieve—, viajaba poca gente, muy poca.

—Tan poca —aclaró el empleado— que hemos tenido que suprimir el autocar. Del hotel saldrá un minibús. Y está completo.

Pensé en Faruk, en la posibilidad de utilizar su cacharro, pero al acto me vi a mí misma fumando un cigarrillo y a su poblado bigote pendiente del humo ante un capot abierto. Pensé en el trayecto normal. Un barco hasta Yaloba, en Yaloba un autobús. Después ya no pensé en nada.

—Completo —repitió el hombre cabeceando frente a una lista—. No se ha producido ninguna cancelación.

Era un gesto de desconfianza, no lo ignoraba. Pero me hice con el papel, recorrí nerviosamente la lista de pasajeros y me encontré con que la última reserva estaba a nombre de FLORA.

Visité las cisternas. Las del Palacio Sumergido y las de Las Mil y Una Columnas. Volví a Topkapi, al Harem, a Santa Sofía, a la Mezquita Azul, al Gran Bazar. Había dejado de nevar y de nuevo la niebla se señoreaba de una ciudad empeñada en mostrarse con intermitencias. ¿Existía Estambul? ¿Me hallaba yo en Estambul? Pero estas preguntas no eran más que el eco de otras. El recuerdo de una deliciosa sensación de irrealidad. De aquellos días en que Julio y yo descubríamos fascinados una ciudad de siluetas y a mí me gustaba creer que nos hallábamos en la garita de un gran mago, accionando resortes misteriosos, iluminando escenarios secretos, presenciando, en fin, actos del pasado detenidos milagrosamente en el tiempo. Pero Faruk era real, tremendamente real. Y además me había tomado confianza —a ratos parecía que incluso cariño— y, como si cayera en la cuenta de que su inglés era muy precario y decidiendo con precipitación que yo entendía turco, ahora no paraba de hablar. Hablaba y hablaba. Hablaba por los codos (en turco) y yo me limitaba a asentir, a decir «*Evet*», «*Kepi*», «*Tamam*», mientras, acomodada en el interior de su cacharro, me adormecía ante los largos parlamentos de los que no captaba más que algunas frases sueltas y una insistente cantinela. Istambul, Barcelona, Barcelona, Istambul... Barcelona era buena. Y Hassan Bey, sobre todo Hassan Bey. Por un momento pensé que hablaba de fútbol (con el mejor de mis ánimos dije: «Galatasaray») y supuse que Hassan Bey debía de ser un jugador excepcional. Y entonces él se tocaba la pierna (sí, no había duda, estábamos hablando de fútbol) y volvía a repetir: «Barcelona». Y luego: «Hassan Bey».

Uno de aquellos días me presentó a su madre. Vivían en Besiktas, a varios kilómetros del centro. La buena mujer me ofreció un té y me dio las gracias repetidas veces. Me hallaba algo confundida. ¿No era yo quién debía decir «*Teşekkur*»? ¿Por qué me agradecía tanto el que yo aceptara su té? ¿Por qué asentía gozosa cuando Faruk volvía a mencionar a Hassan Bey? ¿Le gustaba también el fútbol a la madre de Faruk? ¿Y por qué Faruk, en presencia de su madre, se palpaba la pierna en la forma acostumbrada y después, ante mi asombro, se levantaba la manga de la camisa y me enseñaba un bíceps?

—Esto te pasa por entrar tan fácilmente en los idiomas —dijo la voz.

Pero ya no era la voz de los cuarenta años, sino la mía, la de siempre. O tal vez las dos voces, igual-

217

mente amodorradas y perplejas, que acababan de fundirse en una sola.
—Por entrar y abandonar enseguida. Venga, haz un esfuerzo. Acude al diccionario. Intenta que Faruk vuelva a su olvidado inglés que no es peor que tu turco.

Así hice. Pero en el largo recorrido de vuelta al hotel sólo logré recomponer parte de aquel absurdo rompecabezas. Hassan Bey no era un fubtolista, sino el tío de Faruk, el hermano mayor de su madre. Tenía una agencia de viajes. Organizaba excursiones, tramitaba billetes (entonces me pareció entender aquel Istambul-Barcelona, Barcelona-Istambul), cambiaba fechas, *no problem*. Para Hassan Bey, por lo visto, nada era *problem*. Pero yo me hallaba exhausta. Repetí tres veces que ya tenía billete y le rogué que me dejara en el hotel. Al llegar, en la misma puerta, me encontré con Julio.
—¡Qué alegría! —dije.
Y, olvidándome de Faruk, me lancé a sus brazos.

No sé cómo empezó todo. Cómo, después del abrazo, de los besos, de la alegría por encontrarnos (cualquiera, al vernos, hubiera pensado en una ausencia de meses o años), de escuchar, ya en el cuarto, el relato de su pequeño viaje, las palabras, de pronto, empezaron a girar sobre sí mismas. Porque lo cierto es que nos sentíamos felices. Muy felices. Yo abría con ilusión el paquete que, sonriendo, me tendía Julio —un albornoz de Bursa— y me enteraba, también sonriendo, de la razón por la que los albornoces de Bursa tenían fama de contarse entre los mejores del mundo. Un sultán sibarita que deseaba lo más dulce y exquisito para su cuerpo. Y tal vez todo estuvo ahí. En ese pequeño detalle. En el sultán refinado envuelto en suaves toallas a la salida del baño. Porque esta placentera anécdota no parecía, a primera vista, muy propia de Julio (más bien se diría surgida de un manual, de una guía turística, o escuchada de algún usuario de curiosidades turísticas). Pero fue sólo un flash, un destello impertinente. Enseguida me probé el albornoz, comprobé admirada la suavidad del tejido y, más admirada aún, el hecho de que Julio, como rara excepción, hubiese acertado exactamente mis medidas. Y debió de ser entonces cuando reparé —y ahora era más que un destello— no tanto en lo que escuchaba como en lo que no escuchaba. Porque todo lo que durante aquellos días había intentado acallar resurgía de pronto. Y fue como si por unos instantes yo no me hallara allí, en el cuarto Sarah Bernhardt, felizmente envuelta en un albornoz de Bursa, sino en el mostrador del vestíbulo, asistiendo indefensa al cierre de la portezuela de un minibús que tenía que conducirme a Bursa.

—Ha sido una lástima que no pudieras venir —decía ahora Julio.

Parecía cansado. Acababa de quitarse los zapatos y se tumbaba en la cama. Pero entonces —Dios mío, cómo se me pudo ocurrir— yo me eché a su lado y me puse a hablar.

—Flora se me adelantó —dije.

Mi voz había sonado despreocupada, tranquila, pero supe enseguida que acababa de delatarme y el silencio que ahora reinaba en la habitación no presagiaba más que una catástrofe. Porque muy bien (pero eso se me ocurría demasiado tarde) podía haber dicho: «¿A que no sabes lo que pasó? Cuando fui a sacar el billete me encontré con que...». O quizás: «Una cuestión de mala suerte. Por cierto, ¿has visto a...?». Pero de todos los caminos posibles había escogido el peor.

—Dioses —dijo Julio entre dientes. Y se puso en pie—. Ya sabía yo que te pasaba algo.

Sabía, por ejemplo, que un nubarrón tenebroso, siniestro y, sobre todo, absurdo, rondaba por mi mente. Lo había notado en Estambul, pero luego, en Bursa, cuando se encontró con Flora —porque sí, en efecto, se había encontrado con Flora, pero ¿tenía eso algo de inconfesable?—, ella fue la primera en sorprenderse. «Te hacía en Ankara» había exclamado admirada. Porque yo, es decir, su mujer —y ahora le encantaría comprender qué misteriosos mecanismos mentales me habían conducido a decir lo que dije—, le había asegurado, con toda tranquilidad, que él estaba en Ankara. Por eso, porque mi actitud le parecía extraña, sospechosa, se había abstenido de nombrar a Flora. Y ahora venía la traca

final: después de situarle caprichosamente en Ankara —ve a saber por qué, no conseguía explicárselo— no se me ocurría nada mejor que atribuir una oscura intencionalidad a Flora y a su excursión a Bursa. ¿En qué quedábamos? ¿No estaba él en Ankara? Le había dado el viaje. Sabía que le iba a dar el viaje.
—Me has dado el viaje —concluyó.
Pero yo no tenía la culpa. ¿Cómo hablarle de esa voz que me había obligado a ponerme en guardia? ¿Cómo decirle que a veces existe un sexto sentido al que nos es imposible desoír? ¿Cómo podía yo —y ahora le mostraba mi recuperado pie derecho— adivinar que me iba a torcer el tobillo en el momento más inesperado? Nadie está libre de un imprevisto molesto. Y eso era lo que me había ocurrido a mí. Un accidente.
—¿Accidente? —ahora Julio paseaba a grandes zancadas por la habitación—. Te empeñaste en beber whisky tras whisky, nos soltaste un rollo descomunal sobre Patricia Highsmith...
—Christie —protesté.
Pero Julio, me di cuenta enseguida, lo había dicho a propósito.
—El resto te lo has pasado dopada con esas tremendas pastillas rojas y con cara de imbécil. Moviéndote por la ciudad seguida de una corte de los milagros, empeñada en chapurrear un idioma que desconoces, en usar un perfume pestilente. Y encima, lo que faltaba, un ataque de celos.

Julio tenía razón. Probablemente tenía razón. Por un momento me avergonzé de mi conducta, de mis dudas, de mis pensamientos. Pero una palabra lleva a otra, y la otra te devuelve a la primera. Y él había dicho: «Nos soltaste un rollo». Y aunque ahora encendiera un cigarrillo y me asegurara —recalcando que no tenía obligación alguna, que lo hacía únicamente para dejar las cosas claras—, que nada había ocurrido entre ellos dos, nada de lo que pudiera aventurar mi imaginación enferma, su intervención, lejos de tranquilizarme, me ofendió. Ellos eran *dos*. Y yo, la *enferma*, les había dado la noche.

—No ha ocurrido —dije—, pero ocurrirá.

Julio parecía fuera de sí.

—¡Un oráculo! ¡Mi mujer es un oráculo! ¿Cómo se puede vivir con un oráculo?

Tenía razón, toda la razón. Pero, al cabo de un rato, dejó de tenerla. Porque si las palabras llevan a otras palabras, unos gritos a otros gritos y unas inculpaciones a otras, ahora ya no podía asegurar en qué tiempo nos hallábamos. Si estábamos realmente allí, en la habitación Sara Bernhardt, en un hotel conocido como Pera Palas, en una ciudad que respondía al nombre de Estambul, o si acabábamos de franquear el umbral del propio infierno. ¿Existía Estambul? ¿O no era nada más ni nada menos que un espacio sin límites que todos, en algún momento, llevábamos en la espalda, pegado como una mochila? ¿Era Estambul un castigo o un premio? ¿O se trataba únicamente de un eco? Un eco distinto para cada uno de nosotros que no hacía más que enfrentarnos a nuestras vidas. No llegué a ninguna conclusión. En aquel espacio impreciso desfilaron antiguas historias, viejas reyertas, episodios olvidados. Julio me insultó, yo provoqué que me insultara. Y, al final, terriblemente dolida, ofendida y deshecha, no podría haber asegurado con fiabilidad por qué me hallaba tan ofendida, tan dolida, tan deshecha. Flora, Bursa y la voz de mis cuarenta años quedaban ahora demasiado lejos.

En un momento oí que Julio se maldecía a media voz por haberme hecho caso en aquella ocasión, por haber aceptado un billete de ida y vuelta, un pasaje incanjeable, intransferible. «¡Un billete cerrado!», decía. Y, aunque no alcancé a escuchar nada más, supe inmediatamente lo que estaba pensando. Un billete cerrado que le obligaba al suplicio de permanecer conmigo durante cuatro largos días.

—Hassan Bey —dije.

Pero no me molesté en explicar que Hassan Bey era el tío de Faruk, que Faruk era el primo de Aziz Kemal, y Aziz Kemal el limpiabotas con el que había sellado un pacto. Me saqué el albornoz de Bursa, el invento del exquisito sultán tan cuidadoso de su piel, tan amante de los placeres. Y me puse la gabardina de Barcelona.

Pero ahora estaba allí. La fiesta había concluido y yo estaba allí, derrumbada en el asiento de un

Boeing 747, abrochándome el cinturón, asistiendo embelesada —como si aquello fuera lo más importante, lo único— a las evoluciones de la azafata que, como en un ballet, mostraba delicadamente las salidas de emergencia, una a la derecha, otra a la izquierda, simulaba inflar un chaleco salvavidas, primero a la izquierda, luego a la derecha, desaparecía con una sonrisa tras la máscara de oxígeno, señalaba con unas uñas larguísimas los armaritos superiores de los que, en su caso, surgirían máscaras semejantes para todos y cada uno de nosotros. Me hubiera gustado que su representación no terminara nunca. Que aquellas manos cuidadas, rematadas por uñas larguísimas, no dejaran de formar figuras en el aire. Primero a la derecha, luego a la izquierda. Pero ya la azafata, etérea, volátil, imposible, se empeñaba en devolverme bruscamente a la realidad. Porque en un santiamén se despojaba del chaleco y de la sonrisa, adquiría una mirada hosca, un porte militar, y yo, indefensa, me refugiaba en la ventanilla, en unas brumas que me recordaban a mí misma, al sueño embarullado del que dentro de muy poco me vería obligada a despertar. Estambul a mis pies. Y yo volando a una altura de nueve mil metros.

¿Cómo podía haber sido tan imbécil para estropearlo todo? Porque ahora, una vez alcanzado mi objetivo, una vez sentada en el avión que me devolvía a Barcelona, ya no quedaba en mí el menor rastro de la sorprendente energía de la que había hecho gala durante todo el día anterior. Y en nada me parecía a aquella mujer admirable, dinámica. Haciendo maletas, moviendo resortes, buscando a Aziz Kemal, encontrándose de nuevo con Faruk, visitando a Hassan Bey. *No problem.* Nada, para Hassan Bey, era *problem.* Pero yo, ¿quién era yo? Una pasajera abatida que se sentía estúpida y culpable, que asumía enteramente la responsabilidad de un fracaso, que de repente veía a Julio como una víctima inocente de su imaginación, de su estulticia. Como si sus palabras, la escena insoportable en la Sarah Bernhardt —todas las escenas insoportables que habían cobrado vida en la Sarah Bernhardt— quedaran muy lejos, yo rememoraba a un Julio indefenso, querido, un Julio que —¿y fui yo quien lo pensó?— tal vez no existía más que en mi imaginación, en un amor que ahora le otorgaba sin límites, en la terrible y fatal seguridad de que lo había perdido. Pero ¿era Julio así? Además, ¿lo había perdido? Y sobre todo, ¿dónde estaba la voz, esa grave e impertinente voz que asomaba de pronto, desaparecía en cuanto le daba la gana y volvía a hacer acto de presencia en el momento más inoportuno? Para fastidiar. Unica y exclusivamente para fastidiar. Porque si esa voz prepotente, esa supuesta sabiduría de los cuarenta años, sólo servía para obligarme a actuar como una imbécil, mejor que no hubiera despertado nunca. Evoqué sus intervenciones una a una, el empeño diabólico de mantenerme en guardia, de convertir en definitivo lo que, según todas las apariencias, se presagiaba sólo como posible. Y ahora, ¿por qué no intervenía ahora, cuando me encontraba sola y abatida en el vuelo que me devolvía a Barcelona? La imaginé agazapada, en el asiento trasero, en la cabina, quizá junto a mí, en el lugar libre que quedaba entre mi butaca-ventanilla y la butaca-pasillo ocupada por un pasajero de mediana edad que, a ratos —¡también él!—, me dirigía miradas impertinentes, sorprendidas. ¿Notaría en mi expresión la batalla que libraba en aquellos momentos con la voz? ¿La apuesta por la ignorancia aun a sabiendas de que tampoco me quedaba contenta con la ignorancia? Pero la ignorancia, me decía, posee enormes virtudes. La de llevarte a actuar como si nada ocurriera. El ignorante es, a su manera, invencible. Nada puede contra un ignorante. Porque, en aquel momento, mi enemiga era la voz. Ojeé con voracidad el folleto para casos de emergencia y dudé entre un drástico abandono en paracaídas o un deslizamiento en una colchoneta hinchable. Me incliné por la última posibilidad. Sí, así la facturaba yo. Descalza, con una figura tan imprecisa como la del dibujo, moderadamente ridícula, claramente segura. «Adiós», dije (creo que lo dije en voz alta). Pero ella —y eso me sorprendió— no protestó, no dijo nada, no soltó una sentencia, una amenaza, un juicio. ¿Me había liberado realmente de la voz?

Abrí mecánicamente el bolso, saqué una cajetilla de cigarrillos y me hice con un sobre que me había dado Faruk en el aeropuerto. El buen Faruk, mi compañero fiel de los últimos días, mi único interlocutor, aunque poco entendiera de todo lo que con tanta vehemencia intentaba comunicarme. Vi unas postales, unos folletos, propaganda de la agencia de su tío Hassan. En aquel momento el sobrecargo indicaba a través del altavoz que dejábamos atrás el mal tiempo y dentro de muy poco, a nuestra izquierda, aparecería la península Calcíclica. «Los tres tentáculos de la península Calcíclica.» Mi ventanilla estaba situada a la izquierda. Vi cómo las brumas se disipaban y de pronto surgió el sol. Fue un espectáculo prodigioso que, sin embargo, no duró más que algunos segundos. Porque la visión del monte Atos o la silueta lejana del Olimpo dejaron paso rápidamente al Cuerno de Oro de aquel Estambul que ya quedaba lejos. Y ahora yo lo disfrutaba en toda su luminosidad, su esplendor. ¡El Cuerno de Oro! Y ahí estaba Julio, asistiendo fascinado a lo que durante tantos días se nos había negado. El sol, el Cuerno de Oro. Y a su lado Flora, de perfil, probablemente más feliz aún —al fin y al cabo, ¿había algo inconfesable entre ellos?—, porque de todas las nubes que se habían cernido hasta entonces sobre la ciudad, la peor de ellas —el nubarrón negro y siniestro— había tenido que adelantar inopinadamente su regreso. ¿A causa del pie? Sí, eso era lo que Julio, tan celoso de su intimidad, le habría comunicado. Tan educado, tan caballeroso. ¿Cómo hacer partícipe a Flora de algo en lo que ella, pobre, no había intervenido? Y hasta mi pie, ahora perfectamente recuperado, se revolvió inquieto dentro de una bota a su medida. Porque Flora y Julio, desde lo alto, formaban —debía reconocerlo— una buena pareja. «Ya lo ves, Agatha. Ya lo ves.» No había tenido tiempo de despedirme. Ni un rato perdido para pasearme por el cuarto piso, acariciar el picaporte de su habitación o mirar a través de la cerradura. «Oh Agatha», repetí (pero, esta vez, estoy casi segura de que las palabras trascendieron el pensamiento). ¿Por qué hice mías sus angustias, el momento en que el mundo se le vino abajo, quién sabe qué locuras cometió y de cuyo secreto el hotel aseguraba poseer la clave? ¿Cómo me atreví a sugerirle siquiera el título de una de sus ya imposibles obras? Pero no era *El perfil de Flora Smart* —o *Flora Perkins* o *El enigma de un rostro*—, mi osadía, en fin, lo que ahora me preocupaba. Sino esa complicidad establecida a través de la puerta cerrada. Una comunión hermosa, no había duda. Aunque por mi parte, ¿no se trataba de un presagio? ¿De un deseo oculto de adelantar acontecimientos? Ella, Agatha, había asumido ya lo que, desde la madurez, no era más que un bache, un feliz paso en falso que le conducía paradójicamente a una felicidad impensada. Sí, yo le podía haber hablado del coronel Christie, pero la Agatha joven se había esfumado de inmediato. Y ahí quedaba ella. Agatha madura, Agatha Christie Mallowan, para quien todo lo demás era ya historia. En cambio yo, atenta a su pasado, había descuidado mi presente. Porque ¿quién era yo? Una pasajera anodina que regresaba a Barcelona con el siguiente inventario: un frasco en el que bailoteaba la última pastilla roja, unas botas inservibles del cuarenta y cuatro, un manual de turco —del que ahora, incluso, me costaba recordar el nombre— y el sobre que el buen Faruk me había entregado en el aeropuerto. Volví sobre las postales, sobre los prospectos. Y entonces vi la fotografía.

Era una instantánea vieja, amarilleada por el tiempo, desenganchada de quién sabe qué pared, quién sabe qué armario. En los cuatro extremos se veía claramente la huella de una chincheta, un clavo. Pero lo que se representaba en ella fue lo que durante un buen rato me dejó suspensa. Allí estaba Faruk, no había duda de que era él, un poco más joven, con el mismo bigote, el mostacho que a lo largo de aquellos días había llegado a hacérseme familiar, pero ahora no me llegaba a través del retrovisor del auto —bien peinado, cepillado, fiel a su estilo—, sino que estaba frente a mí, ligeramente retorcido por el dolor, el esfuerzo, como un telón a medio alzar por el que asomaban unos dientecillos inesperadamente minúsculos, afilados. Faruk vestía únicamente un slip deportivo y se hallaba en cuclillas, con los músculos en tensión, una pierna algo más avanzada que la otra, los brazos a la altura de la cabeza sujetando una barra rematada por dos discos. No pude menos que sonreír. Ahí estaba la explicación de su constante interés por golpearse la pantorrilla, por indicarme la fortaleza de sus piernas (que ahora, por cierto, descubría velludas), dos auténticas columnas macizas y chatas que le permitían levantar pesos por encima de su tronco. Pesos pesados, no había duda. Y enseguida veía que el curioso rictus que componían el bigote despeinado y los dientecillos que tímidamente asomaban no era sólo cuestión de esfuerzo, sino de triunfo. Porque aquélla era una fotografía triunfal. Faruk era o había sido un grande en la halterofilia. «Ajá. Con que era eso.» Y durante sus parlamentos interminables (a los que me adhería con un «sí», un «claro», un «de acuerdo»), durante la breve exhibición de uno de sus bíceps o el constante empeño por golpearse las pantorrillas, aquel buen hombre no pretendía otra cosa que informarme de pasadas glorias, tal vez del proyecto de reanudar su carrera de levantador de pesos. Y ahora volvía a los cuatro agujeritos, las cuatro huellas de una chincheta, de un clavo, y pensaba que Faruk la había desenganchado de una pared, de un armario. Pero también que se había desprendido de un tesoro y, a su manera, me estaba ofreciendo lo mejor de sí mismo.

¿O había algo más? Sí, naturalmente que había algo más. Porque en una esquina, junto al agujerito de la chincheta o del clavo, podía leer mi nombre y a continuación una frase escrita en letra de imprenta que finalizaba en *Barcelonada*. Y, aunque seguía ignorando qué era exactamente lo que había corroborado con mis corteses muestras de interés, no necesitaba acudir al embrollo de la lección siete para comprender el mensaje. «Hasta pronto, muy pronto, en Barcelona.»

Y ahora sí me quedé confundida, deshecha. «Agatha», murmuré. «Dios mío, Agatha.» Y no me importó que el pasajero de mi fila, el ocupante del asiento-pasillo, me dirigiera de nuevo una mirada nerviosa. Porque ella no me había abandonado. Seguía en su cuarto, en la habitación 411, sin moverse de su escritorio, inclinada sobre la fotografía. Y, de vez en cuando, me miraba a mí. Y ahora me parecía que sus ojos adquirían una luminosidad súbita, que sus labios se contraían y poco después rompía a reír. Y yo también reía. Porque todo aquel enredo de pronto se me antojaba absurdo, imposible. Y entonces oí: «Aventura». Pero sólo durante unos segundos puse en duda lo que acababa de escuchar. ¿Había sido Agatha quien había hablado? ¿Quien, por primera vez, tomaba la palabra e insinuaba la posibilidad de una aventura con Faruk? No, no era eso, claro que no era eso. «Aventura. La vida no es más que una aventura. Asume los hechos. Asúmete. Y empieza a vivir.» Agatha no había movido los labios. Es más, parecía sorprendida, interesada, asintiendo con un cabeceo comprensivo, sabio. ¿Se trataba entonces de la voz que fiel a su cometido volvía a la carga? Sí, aquella frase tenía el estilo, el sello, la impronta característica de la voz. Pero tampoco debía de ser exactamente así. La mirada del caballero, a mi derecha, me hizo comprender que había sido yo y sólo yo quien estaba hablando de asunciones y aventuras. Y enseguida entendí que no me había librado de la voz con la ingenua estratagema de evacuarla en una imaginaria colchoneta hinchable, no porque se mostrara renuente o tozuda, sino simplemente —y así debía, quería asumirlo— porque la voz formaba ya parte de mí misma.

Saqué el frasco de *Egoïste* y me rocié con generosidad. Empecé por el cuello, seguí con el cabello, terminé con las muñecas. Los aromas poseen la virtud de actualizar el recuerdo, de atravesar fronteras, de desafiar las leyes del espacio y del tiempo. Y me reviví en el balcón del hotel, semidesnuda, contemplando una ciudad de sombras, paseando por Istiqlâl y sonriendo al chico de la pierna deforme, en el bar del hotel asistiendo a las transformaciones del pez-Campanilla, escribiendo con la mente capítulos de una novela imposible, perdida en el patio de armas de una lengua que se me había revelado como un castillo, aceptando los tés que la madre de Faruk me ofrecía complacida... Y ahora finalmente allí, sola (hacía rato que el caballero de mi derecha se había cambiado de fila), ocupando echada los tres asientos (como en una *chaise-longue*, el diván de la favorita de Topkapi, una otomana), escuchando un lejano «Mmmmmm...». Un murmullo que tenía algo de homenaje. No sé si a Julio, a Flora o a mí misma. Un susurro que indicaba claramente: «¡Despierta!», y al que de momento, la verdad, no pensaba hacer el menor caso. Me encontraba bien así. Tal como estaba. Tumbada en los tres asientos, recordando, fabulando. Decidiendo, en fin, que aquellos pocos días, en Estambul, yo me lo había pasado en grande.

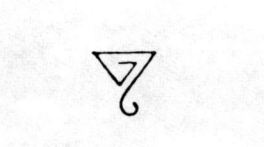

Ultimos títulos

195. Pájaros de la playa
    Severo Sarduy

196. Cortamares
    Juan José Suárez
    I Premio Tusquets Editores de Novela

197. Sueños de Einstein
    Alan Lightman

198. Un campeón desparejo
    Adolfo Bioy Casares

199. Gertrude y Alice
    Diana Souhami

200. El hombre que miraba pasar los trenes
    Georges Simenon

201. El alcalde de Furnes
    Georges Simenon

202. Federico Sánchez se despide de ustedes
    Jorge Semprún

203. Los novios búlgaros
    Eduardo Mendicutti

204. Días en Petavonium
   Antonio Colinas

205. Hermana del sueño
   Robert Schneider

206. Caballeros de fortuna
   Luis Landero

207. Siglo de caudillos
   VI Premio Comillas
   Enrique Krauze

208. Los vecinos de enfrente
   Georges Simenon

209. Mundo del fin del mundo
   Luis Sepúlveda

210. Memorias
   Adolfo Bioy Casares

211. Malena es un nombre de tango
   Almudena Grandes

212. Los cowboys son mi debilidad
   Pam Houston

213. Con Agatha en Estambul
   Cristina Fernández Cubas

214. La señorita Smila y su especial percepción de la nieve
   Peter Høeg

215. Cambio de guardia
   Julio Ramón Ribeyro